Le Maître des Secrets

LES DIEUX DE VEGAS
TOME QUATRE

SIENNA SNOW

CHAPITRE

Un

Anaya

— Tu connais la routine. Ne te laisse pas distraire et reprends contact exactement à 23 heures.

La requête de Briana, ma responsable à l'accent italien, retentit dans mon oreillette.

— Compris.

Je me contemplai dans le miroir ancien, encadré de bois, en peaufinant mon maquillage.

J'avais un travail à faire. Trouver le moyen d'entrer dans le manoir Trevolo situé au cœur de Venise sans éveiller les soupçons, poser les traceurs et repartir sans me faire prendre. Du moment que la reconnaissance était fiable, le travail serait un jeu d'enfant.

Ce soir, je n'étais pas Anaya Anthony, fruit d'une liaison clandestine entre le criminel international Victor Anthony et la mondaine grecque Rhea Lykaios. À la place, j'étais un agent de Solon en mission, entraîné et chevronné.

Ce n'était pas ma première opération d'infiltration, mais c'était la plus ambitieuse et la première que je menais. Mes missions habituelles consistaient à surveiller et à cibler en coulisse, et toute interaction était considérée comme un risque pour mon travail. Cette fois, je sortais au grand jour, sous un faux nom et avec un profil si solide que ma famille ne pourrait pas me retrouver.

— L'horizon est dégagé. Descends. Je fais silence pendant soixante minutes à compter de maintenant.

Briana se déconnecta, me laissant me consacrer à ma tâche. Je devais la retrouver près du *pool house* d'ici une heure précisément.

Je vérifiai mon reflet une dernière fois. Je rajustai mes cheveux blonds pour qu'ils semblent légèrement négligés, comme le voulait mon personnage. Un jour, je reviendrais à ma couleur naturelle, un riche brun foncé. Au moins, je les portais encore longs ; Briana ne m'avait pas conseillé de les couper.

Je lissai ma robe Monica Malone à manches courtes, ouvris la porte de la salle de bains et traversai le couloir qui menait à la salle de bal.

Un agent de sécurité me fit un sourire avant de me scruter de la tête aux pieds. J'avais remarqué qu'il me regardait tout à l'heure et, apparemment, il n'avait pas perdu son intérêt pour moi. C'était l'un des trois hommes qui patrouillaient dans la zone autour de la résidence.

— *Excusez-moi,* lui dis-je en italien. *Savez-vous à quelle heure le dîner doit commencer ?*

Il jeta un coup d'œil à sa montre.

— *Pas avant une heure.*

Je soupirai avant de poser une main sur mon ventre.

— *J'aurais dû prendre une collation pour tenir. Mais bon, je ne suis pas sûre que Mme Trevolo m'aurait laissé faire une pause avec toute la folie de la fête.*

Le visage du garde s'illumina, comme s'il venait de faire une découverte.

— *Maintenant, je sais où je vous ai vue ! Vous êtes Anastasia Ashton, l'assistante de Monica Malone. Vous avez aidé à concevoir les robes de Mme Trevolo pour l'événement de ce soir.*

Je fis semblant de grimacer.

— *Je plaide coupable.*

Aux yeux du monde, j'étais l'assistante de l'excentrique créatrice de renommée mondiale. Je servais d'intermédiaire entre le client et l'icône de la mode, toujours en retrait, sans jamais détourner l'attention de la « patronne ». En réalité, Monica travaillait pour moi, incarnant cette personne exigeante pour ma couverture. Je ressemblais, m'habillais et agissais comme une assistante ringarde, super-conservatrice et effacée. Rien à voir avec ma véritable identité en tant qu'Anaya Anthony, petite sœur des magnats du commerce international connus sous les noms des frères Lykaios.

— *J'ai entendu dire que Mme T. vous donnait du fil à retordre.*

Les Trevolo étaient réputés pour leurs excentricités en matière d'événements. Et Mme T, comme l'appelait le gardien, n'était pas contente que sa robe soit trop serrée pour qu'elle ne puisse respirer. Je l'avais prévenue qu'après un bébé il valait mieux prendre une taille au-dessus, mais elle était persuadée de retrouver sa silhouette d'avant-grossesse quelques semaines après l'accouchement. N'ayant jamais eu d'enfant, je n'avais pas trop argumenté, mais devant la scène que j'avais vécue plus tôt dans la journée, je regrettais de ne pas l'avoir fait. Mais bon, elle appartenait à un duo tristement célèbre de la pègre, spécialisé dans le trafic d'êtres humains à des fins diverses dont la plupart révulseraient n'importe qui.

— *On peut dire ça.*

Je me tordis les mains, comme si je rechignais à discuter de ma cliente.

— *Cela fait partie du travail.*

— *Je comprends. Les Trevolo sont exigeants, mais paient bien.*

— *C'est vrai. Par hasard, vous ne sauriez pas où je pourrais trouver un en-cas, peut-être quelques biscuits ? J'ai juste besoin de quelque chose pour tenir le coup.*

— *Je peux faire mieux. Venez par ici,* dit-il avec un geste vers sa gauche. *Le chef a préparé un buffet pour le personnel, caché dans l'office du majordome. Comme Mme T. est en train de saluer les invités, vous ne craignez aucun problème de garde-robe.*

— *Vous êtes un cadeau du ciel !* couinai-je avec un peu plus d'enthousiasme que nécessaire, jouant ainsi sur ma personnalité de couverture maladroite.

Je laissai le garde me guider à travers la cuisine, en passant par l'escalier arrière menant à l'aile familiale, et vers la salle du majordome.

— *N'hésitez pas à manger à votre faim. Vous ne savez pas quand vous aurez droit à votre prochain repas, surtout si Mme T. pique une crise de nerfs.*

— *Merci,* murmurai-je en prenant une poignée d'amandes.

— *Profitez-en. Avec un peu de chance, je vous reverrai bientôt.*

Il inclina la tête avant de retourner à ses tâches.

Je m'attardai quelques minutes pour grignoter des noix et du fromage. La section réservée au majordome était supérieure aux cuisines de certains des meilleurs restaurants du monde. Un assortiment d'aliments variés était disposé sur des armoires et des comptoirs en acier brillant, comme pour une séance de photos.

Les Trevolo étaient vraiment doués pour concevoir une maison. Dommage que leur code moral ait été celui des pires ordures sur Terre. Il avait fallu six mois d'enquête pour arriver à me plonger aussi loin dans leur monde. Nous avions un contact à l'intérieur de leur organisation qui nous fournissait périodiquement des informations, mais je savais, comme mes supérieurs, qu'à moins de devenir l'une des victimes de leurs crimes, je ne serais jamais assez proche pour les faire tomber.

Le monde les croyait parfaits, et ils se tenaient à cette image.

Après avoir gagné assez de temps, je me dirigeai tranquillement vers la cage d'escalier arrière, en me positionnant stratégiquement hors du champ de la caméra de sécurité. D'après les plans que j'avais étudiés plus tôt dans la journée, la salle des serveurs se situait à la droite de la partie résidentielle du premier étage.

Je retirai mes talons en arrivant au palier, couvert d'un

parquet en bois, et marchai sur la pointe des pieds jusqu'à la pièce que je ciblais.

Des rires résonnèrent dans le couloir, et je m'y glissai rapidement.

— Bordel de merde ! murmurai-je à mi-voix.

Ce n'était pas une salle de serveurs pour une maison ordinaire : c'était le genre d'installations que l'on retrouvait dans les meilleures entreprises technologiques du monde. Seul le besoin de couvrir leurs traces justifiait pourquoi les Trevolo avaient ce genre d'équipement. C'était toujours ainsi : ceux qui s'enorgueillissaient publiquement de leur philanthropie et de leurs œuvres caritatives étaient impliqués dans les aspects les plus dégoûtants de la vie.

Mon estomac se noua. Cette mission était bien plus importante que ce qu'aucun de nous n'avait prévu. Mon instinct me poussait à quitter le manoir, dès ma tâche accomplie.

Soulevant l'ourlet de ma robe, je retirai les traceurs attachés à ma jarretière. Il me fallut moins de trois minutes pour placer les trois appareils sans fil.

Prenant une grande inspiration, j'allai à la porte, l'entrouvris légèrement et jetai un coup d'œil. Une fois que j'aurais retrouvé Briana, il faudrait que je me prépare, mentalement et physiquement, à mon « enlèvement ».

Dieu seul savait ce que j'allais devoir faire pour atteindre mon objectif. Il fallait sans cesse que je me rappelle que cela en valait la peine, ne serait-ce que pour sauver une vie.

Alors que je sortais, une main m'attrapa et me plaqua contre le mur.

— Pas si vite, Mlle Anthony. Je pense qu'il est temps que nous ayons une petite conversation.

———

Le martèlement de mon cœur résonna dans ma tête alors que je fixais une paire d'yeux émeraude en colère, qui m'avait hantée pendant plus de nuits que je n'aurais voulu l'admettre. C'étaient les iris de l'homme qui avait brisé le cœur de la fille innocente que j'avais été, et que j'avais haï au point d'éviter tout contact pendant plus de cinq ans.

— On dirait que j'ai surpris une petite colombe en train de fouiner dans là où elle ne devrait pas.

J'ignorai le petit nom qu'il m'avait donné lorsqu'il avait découvert le tatouage de colombe que je m'étais fait lors d'un voyage à Bora-Bora avec ma sœur.

— Ia… Adrian. Mais bon sang, qu'est-ce que tu fous ici ?

Sa prise se resserra sur mon bras, son corps musclé d'un mètre quatre-vingt-dix se pencha plus près du mien.

— Ce devrait être à moi de te poser la question, mais je connais déjà la réponse.

— Je ne vois absolument pas de quoi tu parles. Je me suis perdue. Je pensais que le dressing de Mme Trevolo était par ici. Je suis là pour m'assurer que tout va bien.

— Ana. Ne me mens pas.

Ses mots étaient empreints d'autorité et d'agacement.

Je plissai les yeux.

— Ce n'est pas le cas. Vérifie auprès du personnel. J'ai passé la journée à gérer des problèmes de garde-robe.

Une des grandes mains d'Adrian se posa sur ma gorge.

Un frisson de vigilance et d'excitation me frappa, comme par le passé lorsqu'il me touchait.

Ses pupilles se dilatèrent : il le ressentait aussi.

— Pour qui travailles-tu ?

Je ne parvins pas à cacher ma surprise.

— Monica Malone.

— Laisse-moi répéter, pour qui travailles-tu ?

— Je crois que tu délires. Je suis une geek du marketing et du design, tu te souviens ? Comment crois-tu que Penny arrive à obtenir toutes ces robes de créateur ?

Penny était ma cousine germaine par nos mères et la demi-sœur d'Adrian du côté de leur père. Elle était aussi mariée à mon demi-frère. Les relations entre nous étaient un fouillis sordide, truffé de tant de scandales qu'il était impossible de s'y retrouver. Nous étions très grecs, comme ma demi-sœur, Henna, aimait me le dire.

Adrian imprima une légère pression sur ma gorge.

— Ana, je vais te le demander une dernière fois et, si tu me mens, je te balancerai par-dessus mon épaule, te porterai hors d'ici et te renverrai par le prochain avion pour Las Vegas, pour que ta famille puisse régler cette affaire.

Je lui adressai un sourire calculé.

— J'aimerais bien te voir essayer.

Adrian ne savait pas du tout à qui il avait affaire. J'avais mis à terre des hommes bien plus costauds que lui. C'était la première chose que j'avais apprise à l'entraînement. Laisser croire à mon adversaire qu'il avait l'avantage. Je n'étais pas petite, comme ma sœur et Penny, mais je n'étais pas non plus grande. J'étais moyenne, un mètre soixante-sept.

— Ton entraînement ne marchera pas avec moi. J'ai beaucoup plus d'expérience que toi.

À ces mots, mon cœur s'emballa. Je le regardai droit dans les yeux et compris que j'avais de sérieux ennuis.

— Pour qui est-ce que, *toi*, tu travailles, Adrian ? J'ai toujours su que ton personnage d'informaticien et de hacker était une couverture pour dissimuler tes autres occupations. Personne ne peut rassembler le type de données que tu te procures sans avoir l'aval du gouvernement.

— *Ian*. Dis-le, Ana. C'est comme ça que tu m'appelles depuis que nous sommes gamins.

Je plissai les yeux.

— Je t'ai posé une question, *Adrian*.

— Tu es têtue, marmonna-t-il à mi-voix, je suis expert en cybersécurité, et les Trevolo m'ont engagé pour s'assurer que seuls leurs invités n'entreraient dans leur propriété. Imagine ma surprise lorsque le logiciel de reconnaissance faciale a identifié comme *Anastasia Ashton*, la modeste assistante de Monica Malone, une femme dont je reconnaîtrais le visage entre mille, même avec des cheveux blonds, *Anaya Anthony*, que je connais depuis qu'elle porte des couches.

— Maintenant, qui ment ?

— On s'amuse ? C'est coup pour coup ?

Je repoussai sa poitrine avec un mouvement que je n'avais pratiqué que quelques heures, et le fis reculer un instant. Mais il bougea à toute vitesse et me plaqua contre la porte, les bras au-dessus de la tête, et son corps très excité collé contre le mien.

C'était tellement bon de l'avoir contre moi, cela me

rappelait des choses contre lesquelles j'avais lutté pour l'oublier.

Qu'il soit maudit de me donner envie de lui.

Bon sang, de qui je me moquais ? Jamais je n'avais cessé d'avoir envie de lui.

Il fit claquer sa langue.

— La première règle de l'entraînement, c'est de ne jamais baisser sa garde, quand bien même tu connais ton agresseur.

— Je te déteste, sifflai-je entre mes dents serrées. Sans le moindre doute, tu fais partie de la CIA. Ils sont toujours terriblement arrogants. Je parie que tu t'intègres parfaitement.

Il ne nia pas mon affirmation. À la place, il me dit :

— Et toi, tu fais partie des Solon.

Je ricanai.

— Comme le philosophe grec ? À mon avis, tu as perdu la tête.

— Non, dit-il avec un regard noir. Je fais référence à l'organisation d'autodéfense clandestine qui bafoue régulièrement le droit international pour atteindre ses objectifs. L'organisation connue pour recruter des étudiants de l'université, les entraîner à devenir des armes humaines et les envoyer dans des situations dans lesquelles ils risquent d'être kidnappés, voire tués.

Je restai silencieuse. Rien de ce que j'aurais pu dire n'aurait pu le faire changer d'avis.

Mon Dieu, depuis combien de temps le savait-il ? Pourquoi ne m'avait-il pas dénoncé à ma famille ? Ma carrière ne pouvait pas se terminer comme ça. J'étais enfin arrivée au moment où je dirigeais la mission. Quelques années encore, et j'aurais été ravie de retourner à Las Vegas pour reprendre une partie des affaires de ma famille.

Il fallait que je trouve un moyen de convaincre Adrian de fermer sa bouche.

— Rien à dire, Mlle Anthony ? Je ferai sauter ta couverture si tu n'arrêtes pas. Je refuse d'être celui qui annoncera à ta famille que quelque chose t'est arrivé.

Son expression était si déterminée que je n'eus aucun doute sur le fait qu'il ferait exactement ce qu'il venait de dire. Et cela entraînerait tout un tas de problèmes que je n'étais pas prête à affronter. Mes frères, sans parler de ma sœur, étaient surprotecteurs dans leurs meilleurs jours. S'ils avaient la moindre idée de ce qu'était mon *vrai* métier, ils me confineraient à Vegas avec des gardes vingt-quatre heures sur vingt-quatre. Et peu leur importerait que j'aie vingt-six ans. Pour eux, j'étais le bébé, une enfant à protéger du scandale de ma naissance illégitime.

— Et toi, qu'en est-il de toi ? Mes frères savent-ils que tu appartiens à la CIA ?

Il afficha un sourire.

— En fait, oui, ils le savent. Tout comme ta sœur. Cela leur rend service à l'occasion, surtout quand il s'agit d'enquêter sur leurs partenaires commerciaux.

— Bon sang, Adrian, je ne te laisserai pas me prendre ma carrière. J'ai travaillé trop longtemps, et trop dur.

— Et je ne te laisserai pas rentrer à la maison dans un sac mortuaire.

— Alors, laisse-moi terminer ma mission. Plus longtemps tu me retiens ici, plus j'ai de chance de me faire prendre.

— Je ne suis pas assez stupide pour penser que tu vas réellement devenir l'experte en marketing et en médias sociaux que tu prétends être aux yeux de ta famille.

— Je ne m'excuserai pas pour ce que je fais. Grâce à des gens comme moi, les vies d'innombrables femmes et enfants ont été sauvées.

— Je peux dire la même chose de moi, mais contrairement à toi, quand j'enfreins la loi, c'est approuvé par mon gouvernement et cela ne provoquera pas d'incident international.

C'était l'argument auquel les agents de Solon devaient faire face depuis la création de l'organisation. Solon n'avait pas de liens de loyauté avec un quelconque pays et était financé à titre privé par divers donateurs à travers le monde. L'organisation était gérée comme une agence de sécurité gouvernementale, sans la bureaucratie. Contrairement à ce que pensait sûrement Adrian, Solon irait jusqu'en enfer pour protéger ses agents. Il y avait toujours un plan de secours.

Et le mien serait rapidement activé si je ne quittais pas bientôt cette pièce pour faire mon rapport.

De plus, je devais préparer ma réunion avec mon contact dans le sous-sol des Trevolo. Il était en train d'organiser mon « enlèvement » et mon transfert vers l'une des îles de plaisir de Trevolo. Elles étaient conçues comme des terrains de jeu pour les personnages les plus riches, les plus privilégiés et les plus répugnants du monde, où le maître des lieux hébergeait ses harems et organisait des fêtes somptueuses axées sur tous les fantasmes sexuels.

Les femmes au service des hommes étaient là par choix, choisissant une existence exempte de toute responsabilité en échange de la mise à disposition de leur corps. D'après ce que j'avais appris, elles étaient traitées comme des princesses, choyées. Je voulais infiltrer le milieu. Un endroit dont la majorité des visiteurs ignoraient l'existence.

Seuls les membres du cercle restreint des Trevolo connaissaient sa véritable activité : du trafic de femmes et d'enfants, arrachés à leur vie et placés ensuite dans des ventes aux enchères clandestines.

— Ça ne mène à rien. Je dois terminer ma mission. Qu'attends-tu de moi pour me laisser sortir ?

Un pli se forma entre les sourcils d'Adrian.

— Qu'est-ce que tu me proposes ?

Je serrai les dents. Il n'allait pas me rendre la tâche facile. Rien n'était simple avec cet homme.

— Tout ce que tu veux, tant que tu la fermes. Si ma famille apprend un traître mot de tout ça, le marché sera rompu.

— Tout ce que je veux ?

Il approcha son visage du mien, et je fus immédiatement parcourue d'un frisson.

Je m'humectai les lèvres.

— Oui. Tu es le maître des secrets, qu'est-ce qu'un de plus changerait ?

— Eh bien… Je veux ce que nous ne pouvions pas avoir il y a cinq ans.

— Tu n'es pas sérieux. Nous vivons sur des continents

différents. En plus, c'est toi qui me pensais trop innocente pour ces choses-là.

— Tu as dit « tout ce que je veux », Ana.

— Merde, Adrian. Je ne t'épouserai pas de nouveau. Une erreur à cause de l'alcool m'a suffi.

— Si mes souvenirs sont bons, aucun d'entre nous n'était ivre.

Non, j'étais juste assez stupide pour croire que tu m'aimais autant que je t'aimais.

— Cela ne fait aucune différence. Ce n'est pas moi qui me suis dégonflée et qui ai demandé l'annulation.

Un éclair passa dans son regard, rapidement évacué.

— Merde, Ana. J'avais vingt-deux ans et tu en avais à peine vingt et un.

— Et où veux-tu en venir ?

Je relevai le menton.

— Je ne voulais pas te retenir. Tu venais de terminer ton stage et d'obtenir le boulot de tes rêves. Si j'avais su de quoi il s'agissait vraiment, j'aurais insisté pour qu'on reste mariés, quand bien même tu aurais fini par me détester.

— N'allons pas par là, lui dis-je, les dents serrées. Dis-moi simplement ce que tu veux. J'accepterai tout, tant que cela n'implique pas de t'épouser.

— Tu es sûre de vouloir conclure ce genre de marché ?

— Adrian, l'avertis-je.

— Et si je disais que je voulais que tu reviennes dans mon lit ?

Mon pouls s'emballa.

— Pourquoi voudrais-tu cela ? N'oublie pas que je suis trop innocente pour encaisser ce dont tu as envie.

— Tu n'es plus la même femme qu'il y a cinq ans, affirma-t-il en frottant son sexe dur contre mon clitoris douloureux. Et je ne suis définitivement plus le même homme.

Il me mordit la lèvre inférieure, et je luttai de toutes mes forces pour retenir un gémissement.

— Pas possible, murmurai-je, essoufflée.

— Et pourquoi ça ?

— Parce que je suis en mission. Je n'aurai pas le temps pour toi.

— Oh, Ana, tu n'as pas idée. Tu auras beaucoup de temps pour moi.

Je fronçai les sourcils.

— Qu'est-ce que ça veut dire ?

— Tu vois, il se trouve que j'ai rendez-vous demain avec une certaine Anastasia Ashton. Je suis censé la capturer, asséna-t-il d'une voix encore plus furieuse. Pour la remettre à un distributeur qui prévoit de la vendre sur le marché noir au cours de l'une des ventes aux enchères de Trevolo.

Oh, merde.

J'étais au courant, depuis le départ, que je travaillais avec un agent de la CIA qui avait pris ses marques dans le monde de Trevolo, mais jamais je n'avais soupçonné qu'il s'agissait de…

— Rien à dire ?

— C'est toi, mon contact à l'intérieur ?

— Oui.

— Depuis combien de temps sais-tu que c'est moi ?

Il s'écarta de moi et, frustré, passa une main dans ses cheveux parfaitement coiffés.

— Je n'en savais rien avant de te voir sur le flux de sécurité, le mois dernier.

— C'est pour ça que tu n'es pas rentré à la maison l'année dernière.

— Qu'est-ce que tu en sais ? La dernière fois que tu es rentrée chez toi, c'était il y a deux ans.

J'avais envie de le contredire, mais je fermai la bouche. À force d'essayer d'éviter Adrian, je m'étais isolée de ma famille.

— Ça n'a pas d'importance pour le moment. Ce que je veux savoir, c'est si tu vas me laisser terminer ma mission ou tout faire foirer.

— Ce que tu me demandes, c'est si je vais te donner à un trafiquant, t'acheter dans une vente aux enchères illégale, et ensuite te sauter ?

J'en eus le souffle coupé. Cela faisait des mois que j'évitais de penser à la dernière partie de sa question. Je savais ce que l'on attendait de moi. J'allais devenir l'une de ces femmes sur l'île appartenant à Trevolo, on s'attendrait à ce que je sois à la disposition de l'homme qui m'aurait achetée pendant les semaines où j'y serais.

Comme je serais un « bijou spécial », une « kidnappée » et vendue dans le cadre du réseau de trafic sexuel, je quitterais l'île avec mon acquéreur. Je m'étais convaincue qu'il serait plus facile de faire l'amour avec un inconnu au cours de cette mission, en me concentrant sur le côté professionnel, plutôt que d'être avec un homme auquel j'étais émotionnellement liée, qui pouvait me fracasser le cœur, que j'aimais.

D'un coup, tout fut réduit à néant.

Mais… lui aussi avait eu l'intention de coucher avec quelqu'un pour ce boulot.

— Pourquoi es-tu si contrarié à l'idée de coucher avec moi ? La seule différence, c'est que, maintenant, tu connais la femme qui fera équipe avec toi. Nous sommes tous les deux capables de faire les sacrifices nécessaires.

La colère irradiait dans ses yeux.

— Tu préfères t'envoyer en l'air avec un parfait inconnu plutôt qu'avec moi ?

— Un parfait inconnu qui ne m'aurait pas rejetée avant de me quitter sans que je ne puisse comprendre ce qui se serait passé entre nous.

Je fermai les yeux de toutes mes forces et fis de mon mieux pour reprendre le contrôle de mes émotions.

— Bon sang, Ana, ce n'était pas comme ça.

— Je n'ai pas envie d'en parler, lui dis-je tout en levant une main. Nous allons procéder comme prévu. Tu vas me vendre, m'acheter et me sauter. Nous jouerons nos rôles, terminerons la mission, mais ce sera là que ça s'arrêtera. Ce que nous avions a disparu. Quand ce sera terminé, nous irons chacun de notre côté.

Je devais me convaincre que les mots que je venais juste de prononcer étaient possibles. Je savais que j'aurais le cœur brisé si je devais à nouveau m'impliquer avec lui.

Mon travail m'avait permis d'échapper à la douleur provoquée par ce qui s'était passé entre nous et, aujourd'-hui, c'était à cause de cela qu'il était de retour dans ma vie.

Adrian avança de nouveau jusqu'à ce que j'aie le dos plaqué contre le mur.

— Ana, ça n'a jamais été et ça ne sera jamais aussi

sordide que ce que tu essaies d'en faire. Le sexe était le seul sujet concernant lequel nous n'avions jamais, jamais eu de problèmes. Nous avons fait absolument tout ce qu'un couple peut faire ensemble. Je connais ton corps mieux que toi.

Il était toujours aussi arrogant.

— Alors, je suppose que nous sommes d'accord. Puisque nous avons déjà tout fait auparavant, ce ne devrait pas être si difficile de faire en sorte que ce soit uniquement professionnel.

— Tu es tellement têtue ! dit-il en me relevant le menton. Ta manière de réagir à mon contact il y a quelques instants me dit que ce sera tout sauf professionnel entre nous.

— Je ne te laisserai pas me faire du mal à nouveau.

Merde ! Je n'étais pas censée le laisser voir la douleur dont je ne m'étais jamais remise.

Avec n'importe qui d'autre, j'étais capable de garder mon calme, mais cet homme faisait de moi un désastre émotionnel.

— La dernière chose que je veux faire, c'est te blesser.

Il se pencha et déposa un baiser sur mes lèvres, doux comme une plume, comme quand nous étions à l'université, et qui me faisait toujours céder.

— En fait, je travaillais sur un plan pour te faire revenir.

Ses mots me ramenèrent à la réalité, et je le repoussai.

— Oui, je vais te croire. Surtout si tu avais l'intention de sauter ta partenaire Solon pour cette mission.

Avec combien de femmes avait-il couché pour le boulot ? Certes, j'avais bien conscience que j'allais faire la même chose, mais jamais je ne m'étais imaginé me remettre avec mon ex. J'avais choisi un métier qui m'empêchait d'entretenir des relations, et je l'avais accepté.

Je jetai un coup d'œil à ma montre. Bon sang, il fallait que je donne des nouvelles. Briana perdrait les pédales si je ne prenais pas contact rapidement.

— Il faut que j'y aille, sinon, il n'y aura pas de mission.

Je me retournai, passant derrière lui pour atteindre la porte.

Adrian me bloqua le passage.

— Nous n'en avons pas terminé.

— Bien sûr que si. Tu auras mon corps et ma coopération pour la mission. Je te laisserai même la mener, vu que tu connais les règles de l'intérieur. Mais tu n'auras jamais rien d'autre. Ana et Ian sont morts le jour où tu as demandé l'annulation du mariage.

CHAPITRE
Deux

Adrian

À peine la porte de la salle des serveurs refermée, après le départ d'Ana, je me cramponnai la nuque et secouai la tête.

À quoi avait-elle pensé en acceptant cette mission ? Elle comptait se servir de son corps pour la mener à bien ! L'idée qu'elle aurait laissé un enfoiré avec qui je bossais la toucher me rendait furieux.

Je savais que ce maudit projet Solon/Interpol/CIA finirait par me revenir comme un boomerang. Jamais je n'aurais imaginé que cela impliquerait la seule femme qui comptait pour moi plus que n'importe qui au monde.

Ce n'était pas ainsi que j'avais prévu de la récupérer. Cinq ans… J'avais patienté cinq maudites années, et tout foirait maintenant.

Il n'y avait aucun moyen de la convaincre que j'étais sincère et que je voulais la récupérer.

Quelle femme pourrait croire que ce travail n'était rien de plus et que, tout ce que j'avais accompli, c'était pour convaincre Trevolo et son cercle que j'étais l'un d'entre eux ?

Je détesterais la pensée qu'Ana s'envoie en l'air avec un homme parce que cela faisait partie de son boulot. Bon sang, elle était sur le point de le faire !

L'Univers était-il en train de me dire que j'étais totalement foutu, irrécupérable ?

Si j'avais blessé Ana la première fois, ç'avait été pour l'empêcher d'abandonner ses rêves pour moi. Aujourd'hui, j'allais la blesser pour la seconde fois en faisant d'elle ma prostituée.

Je n'allais pas mentir et prétendre que je ne voulais pas d'elle dans mon lit, mais j'avais prévu de la séduire, de la faire tomber à nouveau amoureuse de moi, d'obtenir d'elle qu'elle me pardonne de m'être comporté comme un enfoiré.

Ce plan venait de tomber à l'eau.

Je sortis mon téléphone quand il bipa, annonçant un message de Trevolo. Il voulait des informations au sujet de quelques clients potentiels pour ses œuvres d'art. Je le savais, c'était un code pour désigner les acheteurs pour ses « bijoux spéciaux », comme il aimait les appeler. Trevolo qualifiait de *bijoux* celles qu'il vendait aux enchères. Les « joyaux du harem » étaient les femmes qui venaient de leur propre chef dans ses îles privées autour du monde. Elles échangeaient leurs corps contre une vie de luxe, où chaque dépense était couverte. C'était un contraste saisissant avec ses « bijoux spéciaux », les femmes et les enfants qu'il arrachait à leurs vies pour les vendre sur le marché noir, contre Dieu savait quoi.

J'avais passé les deux dernières années à me faire passer pour le fils d'un marchand d'armes bien connu, le croque-mitaine de la pègre européenne que tous ignoraient n'être qu'une créature fictive inventée conjointement par la CIA et Interpol. Ma mission consistait à infiltrer l'organisation de Trevolo et à découvrir qui étaient les acheteurs des « bijoux spéciaux ». Il était mon intermédiaire pour la vente de mes marchandises militaires et, en contrepartie de ses services, je me chargeais de la cybersécurité de ses diverses propriétés et entreprises, et j'étais soutenu lors de ses ventes aux enchères en achetant les « joyaux du harem ».

J'avais intégré Anastasia Ashton dans le *pool* des « bijoux spéciaux » par l'intermédiaire d'un tiers, avant de savoir qui elle était vraiment. Son expérience et son dévouement correspondaient aux besoins de la mission. J'avais toujours eu des réticences à travailler avec Solon parce qu'ils avaient la réputation d'être des voyous, mais je reconnaissais que je n'avais pas mon mot à dire dans les décisions de mes supérieurs.

Conformément à leurs instructions, j'avais organisé l'enlèvement d'Anastasia et son intégration à la vente aux enchères spéciale. Tout cela se déroulerait sur l'île privée de Trevolo, dans les îles Vierges. Cela faisait des mois que j'avais reçu une invitation officielle pour y participer. L'heure et la date restaient à déterminer.

C'était la configuration parfaite pour pénétrer dans la zone de l'île qui ne relevait pas du harem public de Trevolo, une zone où les femmes et les enfants étaient vendus comme de véritables esclaves et n'avaient pas choisi de venir.

Désormais, l'idée qu'Ana fasse partie de ce monde non seulement me mettait hors de moi, mais me tordait le ventre.

J'avais du mal à garder à l'esprit le fait que nous travaillions pour éradiquer un aspect maléfique de l'humanité alors que l'appât était celle que je considérais comme mon amour.

J'envoyai une réponse rapide à Trevolo, avant de laisser un message à mon équipe. Je fouillai la pièce pour voir ce qu'Anaya avait attaché aux différents modules. Au bout de quelques secondes, je repérai ses huit traceurs. Je les laissai en place et retins un juron.

Cette petite manœuvre ne faisait pas partie de ce foutu plan. Elle jouait avec des gens capables de la vendre au plus écœurant des pervers de la planète, ou de la tuer, carrément, s'ils venaient à la capturer. Et ceci, après l'avoir violée à de multiples reprises.

De toutes les femmes avec qui j'aurais pu me retrouver en mission, il avait fallu que ce soit Anaya Anthony. Je l'avais quittée pour assurer sa sécurité et, au lieu de ça, elle avait passé les cinq dernières années à faire Dieu savait quoi.

J'avais failli perdre la tête à la seconde où je l'avais repérée sur le flux de sécurité de Trevolo. Pendant toutes ces années, elle m'avait évité, trouvant des prétextes pour être loin quand je rendais visite à ma sœur, et elle avait même manqué la *baby shower* de Penny, quelques mois plus tôt. Finalement, par un coup du sort, elle apparaissait à là où je ne m'y attendais pas, au milieu de ma maudite mission en tant que foutu contact.

Quel que soit son nom sur le papier, ou son changement de couleur ou de coupe de cheveux, personne au monde ne pouvait me faire croire qu'elle n'était pas la fille que j'aimais depuis que j'étais à peine adolescent.

En enquêtant sur sa couverture, j'avais constaté qu'elle était plus rigoureuse que toutes celles que j'avais rencontrées au cours de mes années en tant qu'expert en cybersécurité pour la CIA. Son histoire couvrait tout, des bulletins scolaires aux dossiers médicaux en passant par les photos de famille. Le personnage qu'elle s'était inventé la présentait comme une New-Yorkaise de la classe moyenne, fille ambitieuse d'un réparateur de camions et d'une femme au foyer. Elle avait fréquenté une école de design grâce à une bourse, puis avait commencé par un stage chez Monica Malone, qui l'avait embauchée à temps plein l'année dernière. Les gens qui enquêteraient sur elle ne trouveraient qu'Anastasia Ashton.

Les relations d'Ana avec la mondaine Briana Amici auraient dû me mettre la puce à l'oreille quant au fait qu'elle travaillait pour Solon. Briana, en plus d'être l'amie intime de ma sœur Penny, était une formatrice et responsable de l'agence clandestine. Cela ne me surprendrait pas d'apprendre que c'était elle qui avait recruté Ana.

Je consultai ma montre et constatai que quinze minutes s'étaient écoulées depuis son départ.

Je sortis de la salle des serveurs, pris quelques secondes de plus pour verrouiller la porte, et me rendis dans le hall de bal, où le gala battait son plein.

Bon sang, que je détestais ce genre de chose ! J'avais assisté à bien trop d'événements comme celui-ci au cours de ma jeunesse. Ma mère, Dara Kipos, avait insisté sur la nécessité pour moi d'assumer mes responsabilités en tant qu'héritier de *Kipos International*, un conglomérat horticole qu'elle avait quasiment dérobé à Penny. Heureusement, cette époque était révolue. Aujourd'hui, ma mère vivait dans une maison de réinsertion, dans une ville isolée du Montana après avoir purgé une peine de sept ans pour fraude.

C'était insensé que deux enfants de criminels soient devenus des agents d'organisations luttant contre le crime. Même si celle à laquelle j'appartenais était reconnue par un gouvernement et n'avait rien d'illégal.

J'étais un foutu hypocrite. J'avais fermé les yeux sur la merde dans laquelle Trevolo était plongé depuis plus d'un an et demi pour mieux entrer dans son monde.

Mais l'idée que quelque chose puisse arriver à Ana m'était insupportable. Il n'y avait aucun moyen de lui faire abandonner cette mission sans faire sauter cette couverture qui m'avait demandé des années de travail.

Bon sang, j'allais devoir avertir mon partenaire d'Interpol, Sebastian, qu'Ana était ici. C'était mon ami depuis la fac et il avait été témoin du chaos qu'était devenue ma relation avec Ana. Je ne lui avais pas révélé la véritable identité d'Anastasia Ashton. Il serait furieux quand il le découvrirait.

Elle était ma faiblesse, il en avait bien conscience.

Quand il aurait surmonté son irritation à mon égard, il

me dirait sûrement que je méritais de la voir comme ça, pour avoir été si chiant à l'idée de travailler avec Solon.

Balayant la salle du regard, je repérai Sebastian en train de faire du charme à l'une des nièces de Trevolo. Il n'avait pas besoin de couverture. C'était le fils de Jonas Weber, financier international et chef d'un syndicat du crime allemand. Il se présentait comme l'héritier présomptif de l'empire, mais collaborait avec Interpol. C'était sa manière de dire à son père d'aller se faire voir, à cause de la politique trop stricte qu'il menait quand il s'agissait de négocier avec ses ennemis. Jonas Weber avait pratiquement ordonné à son rival de tuer sa femme quand celle-ci avait été enlevée, et avait refusé d'envisager de payer la rançon pour qu'elle revienne saine et sauve. La mère de Sebastian avait été rejetée sur les rives de la Spree, à Berlin, le cou tranché.

Je n'avais jamais sondé les mécanismes fous de la loyauté de Sebastian, d'autant plus que les miens n'étaient pas moins foireux.

Sébastien me surprit en train de le fixer, leva un sourcil et me fit signe que nous devions parler. Il sortit son téléphone et tapa quelque chose. Une seconde plus tard, mon portable vibrait.

J'ai vu ta colombe. Tu m'as caché des choses, mon vieux. Est-ce qu'on doit procéder à l'extraction ?

J'aimerais bien, lui répondis-je. *C'est elle, mon contact.*

Voilà qui va devenir intéressant. J'espère qu'elle ne te tirera pas dessus dans ton sommeil.

Le fait qu'il ne semble pas surpris par la nouvelle me donna la nette impression qu'il était au courant qu'Ana était notre agent chez Solon.

Apparemment, je ne suis pas le seul à avoir caché des choses.
J'avais envie d'effacer le sourire de cet enfoiré arrogant.

Je dois absolument en savoir plus.

Je répondis *Abruti*, puis je glissai mon téléphone dans ma poche.

Je fis le tour de la salle de bal, jusqu'à trouver Ana qui s'occupait de Catarina Trevolo. Mme T. était une garce dans ses bons jours et, les jours de gala, c'était la reine du mal. Le front d'Ana était marqué par un pli d'agacement, mais elle hochait la tête et écoutait les plaintes de Catarina.

Je pris une coupe de champagne, bus une gorgée et observai un groupe d'hommes qui regardaient dans la direction d'Ana. Elle avait beau essayer, elle ne pouvait atténuer sa beauté. Ana se distinguait, même dans sa robe trop grande pour elle, une robe quelconque digne d'une matrone de quatre-vingt-dix ans.

Elle avait les pommettes hautes, les yeux en amande de sa mère biologique et la peau dorée de son père indien. Et ces prunelles… je me souvenais encore des innombrables nuits que j'avais passées à fixer ces prunelles ambrées. Jamais je n'avais retrouvé cette teinte chez un autre être humain. J'aurais cru qu'elle portait des lentilles si je n'avais pas vu la passion et la colère les troubler.

Catarina avait dû remarquer l'attention dont Ana faisait l'objet. Elle fronça les sourcils, l'attrapa par le haut du bras et la conduisit dans une pièce annexe.

Garce jalouse.

Je passai encore vingt minutes dans la salle de bal avant de me glisser à l'arrière du manoir pour me diriger vers le hangar à bateaux que les Trevolo m'avaient réservé pour établir ma base.

Quelque chose craqua sous mon pied, et je marquai un temps d'arrêt.

Je me baissai, et aussitôt une boule se forma au creux de mon estomac. C'était une des boucles d'oreille d'Ana. Je glissai la main sous ma veste, vers l'arrière de mon pantalon, et sortis mon arme. Me déplaçant aussi silencieusement que possible, je pris la direction des quais.

En arrivant, je trouvai les chaussures d'Ana éparpillées à différents endroits, comme si elle les avait perdues en se battant, et le bateau qui se trouvait habituellement amarré avait disparu.

CHAPITRE
Trois

Adrian

Je descendis de mon jet et me retrouvai sur la piste d'atterrissage privée d'une île isolée, nichée entre les îles Vierges britanniques et néerlandaises.

Ajustant ma veste, j'attendis que Spencer, le directeur, ne s'approche de moi.

Trevolo attachait beaucoup d'importance aux apparences, ce qui signifiait que je devais jouer mon rôle à la perfection afin de récupérer Ana. À partir de cet instant, j'étais Julian Bonaparte, hacker, baron de la drogue et, plus généralement, une totale ordure.

Il avait fallu que Sebastian appelle des renforts pour m'empêcher de démonter le manoir italien des Trevolo après avoir réalisé qu'Ana avait été enlevée. Ensuite, j'avais dû affronter Briana Amici et son équipe de Solon qui, furieuses, m'avaient reproché de compromettre Ana.

Si les choses s'étaient déroulées comme prévu, nous aurions su où elle se trouvait exactement, mais à cause de l'enlèvement imprévu, nous étions désemparés. Au moins quatre ventes aux enchères étaient organisées en même temps et en différents endroits du monde. Le seul lieu cohérent était l'île de Catarina, la retraite sexuelle personnelle de Trevolo. Cet enfoiré pervers avait donné le nom de sa femme à cet endroit.

Il avait fallu un mois de travail en collaboration avec Solon et Interpol pour découvrir l'endroit où Ana avait été emmenée. Et ce n'était que grâce à une correspondance sur le dark web faisant allusion à « un trophée aux yeux d'ambre » disponible à l'achat parmi les bijoux spéciaux de Trevolo.

J'avais su sans le moindre doute qu'ils parlaient d'Ana. Ses foutus yeux étaient uniques. Ce que je n'arrivais pas à comprendre, c'était pourquoi ils l'avaient enlevée au départ.

Puis, quelques jours plus tôt, au moment où Solon allait envoyer une équipe pour extraire Ana, j'avais reçu une notification m'informant qu'il était temps de visiter l'île pour deux semaines de « détente et de plaisir ».

Après un travail de persuasion, nous avons réussi à convaincre les hauts responsables de Solon de se tenir en retrait pendant ce laps de temps. S'ils perdaient pied, ce seraient des années de labeur qui passeraient à la trappe. Mon travail consistait à procéder comme prévu.

Découvrir la date exacte de la vente aux enchères spéciale, qui étaient les principaux acheteurs, enchérir sur

Ana, m'en servir comme esclave et me barrer quand les agences feraient une descente dans le repaire de Trevolo.

— M. Bonaparte, nous sommes honorés que vous vous joigniez à nous. Votre bungalow est prêt, selon vos instructions.

Spencer parlait anglais avec un soupçon d'accent des Caraïbes.

Il était originaire de la région, mais d'une autre île. La majeure partie du personnel ne venait qu'en journée et repartait le soir. Trevolo ne conservait qu'un groupe fidèle de serviteurs autour de lui, disponible à tout moment.

Je fis un signe de tête, mais ne dis rien. Je gardais un bungalow en périphérie de l'île. C'était un privilège que m'accordait Trevolo uniquement à cause de mon père fictif et du pouvoir qu'il exerçait. En vérité, ce bâtard me détestait.

J'étais un enfoiré, tout comme lui. Nous disputions une partie d'échecs, cherchant à voir jusqu'où nous pouvions pousser l'autre avant qu'il ne cède ou ne réplique plus fort encore. C'était une manière tordue de jouer à des jeux de pouvoir, mais c'était de cette façon que cela fonctionnait.

— Si vous voulez bien me suivre. M. Trevolo vous attend sur la terrasse avec les autres invités.

Spencer me guida jusqu'à une Jeep qui nous attendait et, après un court trajet, nous arrivâmes à un manoir palatial en pierre blanche et stuc, qui surplombait l'océan. Si je n'avais pas su ce qui se passait entre ces murs, j'aurais considéré cette île comme paradisiaque.

Trevolo s'en servait afin de s'attirer les faveurs de ses partenaires commerciaux.

Il offrirait l'accès aux joyaux de son harem par le biais de sa vente aux enchères, et chacun des plus gros enchérisseurs disposerait de l'esclave personnelle de son choix pour répondre à tous ses besoins. La seule règle à respecter était que ces femmes ne devaient pas être maltraitées au point de nécessiter des soins médicaux et qu'elles devaient rester sur l'île après le départ des invités.

Les quelques femmes qui quittaient l'île étaient celles qui accompagnaient les invités en tant qu'esclaves et celles achetées lors des ventes aux enchères spéciales.

Jusqu'à présent, je n'avais participé qu'aux ventes aux enchères des joyaux de son harem. L'invitation ouverte qu'il m'avait faite me rendait méfiant, ainsi que mes supérieurs. Trevolo voulait obtenir quelque chose de Julian Bonaparte.

Pourtant, j'étais reconnaissant de cette invitation, car je savais qu'Ana ferait partie des femmes de l'enchère spéciale.

J'étais disposé à payer n'importe quoi pour la récupérer, quitte à utiliser ma fortune personnelle.

Je pénétrai dans le grand hall d'entrée et fus immédiatement accueilli par un garde en uniforme. Il me scanna de la tête aux pieds avant de me laisser passer.

— Ah, l'insaisissable Julian Bonaparte est arrivé ! lança Trevolo en guise de salut. Vous êtes parti si brusquement au cours de la fête que je me suis demandé s'il y avait eu un problème. Mais, d'un autre côté, votre rôle est de régler les ennuis de votre famille. Quand le devoir vous appelle, il faut y aller.

— Comme vous l'avez dit, le devoir passe avant tout.

Je lui serrai la main et le laissai me guider vers ses autres invités.

— Je suis heureux que vous ayez ajusté votre planning pour visiter l'île.

— Vous avez insisté sur le fait qu'il y avait une sélection unique que je ne devais pas manquer.

— Une en particulier me semble à votre goût. Elle m'a rappelé le type de joyaux que vous aimez avoir dans votre lit pendant nos week-ends de plaisir, alors je l'ai mise de côté pour vous.

Eh bien, merde ! Jusqu'à maintenant, je ne m'étais pas rendu compte que je m'étais dirigé vers des femmes qui m'avaient fait penser à Ana. C'était uniquement parce que je m'étais inquiété pour elle que ce foutoir existait.

— Qui est-ce ?

— Elle est parfaite pour vous. C'est une battante. Il lui faut une poigne forte et une volonté ferme. Après avoir découvert sa fougue, j'étais encore plus convaincu que je devais vous la proposer en premier.

Qu'est-ce qu'ils avaient fait à Anaya au cours du dernier mois ? Sous le coup de la colère, une veine palpitait à la base de mon cou.

Reste concentré, abruti. Joue ton rôle.

Je m'étais inventé une réputation d'amateur de sexe brutal, repoussant les limites. Allant parfois jusqu'à m'engager dans des pratiques perverses pour entretenir l'image. Et, à présent, il fallait que je sois à la hauteur de cette réputation, quitte à me taper Anaya devant tout le monde sur l'île.

Le fait que j'étais excité à l'idée de marquer Ana comme étant mienne faisait de moi un sale pervers.

— Donc aucun autre trophée spécial ne sera mis en vente aujourd'hui ?

— Juste celle-ci. Le reste de mes objets spéciaux arrivera à une date ultérieure. Et seuls quelques privilégiés pourront enchérir. Vous avez bien sûr tout à fait le droit d'acheter plus d'un trophée, mais je suis persuadé que celle que j'ai sélectionnée pour vous vous tiendra occupé.

— J'ai du mal à croire que je sois le seul à qui vous l'offrez. D'autres personnes ont des goûts similaires.

Une lueur calculatrice traversa le regard de Trevolo.

— Pour le bon prix, elle est à vous.

— Ce qui ne répond pas à ma question, lui dis-je, soutenant son regard.

— Un autre que vous pourrait voir sa valeur, mais il a été retardé.

Eh bien, heureusement parfois, il y avait des coups de chance.

— Vous savez comme moi que je peux enchérir sur n'importe qui sur cette île.

— Oui. C'est vrai. Cependant, le gentleman en question n'est pas là pour relever le défi. Seuls vous et moi savons ce que je vous propose.

Cela ne pouvait pas être aussi facile. Trevolo préparait quelque chose.

— Où est le piège ?

— Vous me connaissez bien, mon ami.

Trevolo fit un geste en direction d'une petite alcôve, à l'écart des invités qui se promenaient sur la terrasse.

— J'ai besoin de l'aide de votre père pour faire sortir un chargement d'Indonésie.

— Je vous écoute.

Je glissai négligemment une main dans ma poche pour activer un enregistreur indétectable. Cela ajouterait aux preuves que nous recueillions pour faire tomber Trevolo.

C'était un enfoiré sournois, qui avait trouvé le moyen de garder les mains propres et les autorités italiennes éloignées de ses affaires. Acheter Ana et l'enregistrer ne suffirait pas à le faire tomber. Il me fallait la liste réelle de ses acheteurs et l'heure et la date d'arrivée du chargement humain pour la vente aux enchères.

— En échange de l'opportunité exclusive d'acheter ce bijou spécial, vous parlerez à votre père de la possibilité d'accepter une cargaison sur vos barges et de la transporter jusqu'à votre port, à Chypre.

Il savait aussi bien que moi que *je* dirigeais l'empire. Son respect envers « mon père » n'était que pure formalité.

Trevolo faisait passer de la drogue en Europe et avait besoin que quelqu'un assure le transport.

— Qui va récupérer la cargaison ?

— Nos transporteurs habituels s'en chargeront.

— Qu'on soit bien clairs. En échange de notre coopération, je gagne votre bijou précieux.

— Eh bien, pour le bon prix.

— Je ne suis pas sûr qu'une femme en vaille la peine.

Trevolo fronça les sourcils un instant avant de se reprendre.

— Laissez-moi vous proposer ceci en plus. Je vous laisserai garder la moitié de ma cargaison en plus du bijou spécialement sélectionné.

— Je garde la fille. Je ne la laisserai pas ici, comme je le fais quand je choisis dans votre harem.

Il était hors de question que je laisse Trevolo prendre mon argent et que j'abandonne Ana.

— Les autres invités croiront qu'elle est simplement l'un des bijoux de mon harem, donc tant que personne ne sait que vous l'emmenez hors de l'île, je n'ai aucune objection.

Je fis semblant de réfléchir à ma décision, puis lui dis :

— Marché conclu.

— Excellent. Maintenant que la partie business est réglée, n'en parlons plus et rejoignons les autres.

Nous passâmes dans la zone principale de la terrasse, et je glissai de nouveau la main dans ma poche pour éteindre l'enregistreur.

Un grand gaillard d'environ deux mètres, le genre bagarreur, s'approcha de nous. Ses yeux verts brillants contrastaient avec ses cheveux roux.

— Bienvenue à la fête, je suis Silas Finn, dit-il avec un fort accent.

Silas était un membre connu de l'underground irlandais. Il avait un goût prononcé pour les jeux sanglants, mais était réputé pour chérir les femmes qu'il prenait dans son lit. Une fois qu'il avait fini, il veillait à ce que ses maîtresses soient protégées à vie. Il ne faisait pas partie des hommes à garder à l'œil sur cette île ; il se tenait à l'écart du trafic d'êtres humains. C'était la limite qu'il ne franchissait pas.

Je l'avais également aidé à instaurer des droits territo-riaux pour le commerce des armes à l'intérieur et à l'extérieur de l'Irlande. Nous ne nous étions jamais rencontrés en personne, tout avait été réglé par l'intermédiaire de représentants. Je savais qui il était, mais je laissais rarement quelqu'un voir mon visage, et comparer ce dernier à celui de ma couverture. Je lui serrai la main et me présentai :

— Julian Bonaparte.

Il haussa un sourcil, puis sourit.

— Eh bien, ravi de vous rencontrer enfin.

— De même.

— Au moins, je sais qu'il y a quelqu'un ici capable de s'occuper de ses affaires sans se cacher derrière une protection. Je ne supporte pas les hommes mous.

Il jeta un regard vers un groupe de types qui semblaient trop faibles pour faire autre chose que donner des ordres et se planquer derrière leurs gardes du corps.

C'étaient les pires des ordures, ceux que je voulais éliminer. J'aurais pu parier que la moitié d'entre eux étaient là pour acheter la cargaison humaine avant la fin de la quinzaine. Les faibles d'esprit s'en prenaient toujours aux autres et, parce qu'ils étaient des princes fortunés, ils croyaient pouvoir user de leurs privilèges pour obtenir ce qu'ils voulaient.

À cet instant, ils avancèrent dans notre direction.

— Vous devez être l'invité que Trevolo attendait. Je suis Mica Chance, dit un homme au visage anguleux et aux dents trop blanches, en me tendant la main.

La serrant, je répondis :

— Julian Bonaparte.

Tous se turent en entendant mon nom. Je sentais leur méfiance et leur curiosité.

À ce stade, je ne savais pas si l'histoire que l'agence m'avait inventée était un avantage ou un handicap.

— J'ai entendu une rumeur selon laquelle Trevolo a choisi un objet spécialement pour vous et l'a gardé caché.

Je lui jetai un regard impassible. Mica Chance semblait correspondre à l'image d'enfoiré arrogant que je m'étais faite de lui. J'allais devoir effectuer quelques recherches sur cet homme. Je n'avais jamais entendu parler de lui auparavant, mais cela ne signifiait pas grand-chose quand un nouveau caïd en herbe émergeait chaque jour.

Comme je ne répondais pas, Trevolo rompit le silence.

— Messieurs, allons à l'intérieur. J'aimerais parcourir avec vous le registre des articles mis aux enchères, et répondre à vos questions.

Il fallut vingt minutes de plus pour que tout le monde soit assis et installé au salon. Chacun des vingt hommes invités sur l'île reçut un dossier contenant des photos et des informations sur les femmes. Certaines semblaient être à peine sorties de l'adolescence, pour satisfaire les fantasmes de certains invités concernant les écolières. Je savais que tout reposait principalement sur les vêtements et les poses. Les joyaux du harem de Trevolo n'avaient jamais moins de dix-huit ans. De plus, j'avais la réputation de rejeter totalement la vente d'enfants et d'éliminer sans remords ceux qui s'y adonnaient. Oui, j'étais un criminel avec un code moral.

C'était sûrement la raison pour laquelle Trevolo m'avait tenu à l'écart de ses enchères spéciales jusqu'à présent. Il y avait encore une chance pour que je ne puisse pas voir l'intérieur de la salle où aurait lieu la vente de ses bijoux. Mon trophée était dans le groupe avec le harem.

C'était peut-être mieux ainsi. Au cours de mes années passées à l'agence, je m'étais infiltré loin, mais jamais au niveau d'un trafiquant sexuel. Je n'avais pas les tripes pour ça. Mais pour récupérer Ana, j'étais prêt à pénétrer les entrailles de l'Enfer.

Les hommes autour de moi parcoururent le catalogue de femmes avec des « oh » et des « ah ». C'était une perte de temps. Je voulais voir Ana, m'assurer qu'elle allait bien.

— Qu'est-ce qui vous fait froncer les sourcils, M. Bonaparte ?

Trevolo me scrutait.

Je laissai tomber le dossier sur la table, jetant un regard dégoûté à l'un des hommes à côté de moi qui matait une photo de l'une des filles nues.

— Les femmes qui se font passer pour des écolières ne m'intéressent pas.

Trevolo sourit.

— Les photos ne sont pas là pour vous offenser, c'est juste un exemple de ce qui est disponible. Peut-être que si je vous montre le prix de la vente aux enchères de ce soir, cela allégera votre humeur.

Trevolo s'empara d'une télécommande, appuya sur un bouton pour faire descendre un écran du plafond et alluma une caméra. L'image montrait une sorte de cellule. Puis, dans le coin, je la vis.

Anaya.

Elle était enchaînée à un lit et endormie. Du moins, c'était ce qu'il semblait. Elle portait un T-shirt fin qui couvrait à peine son corps et révélait qu'elle était nue en dessous. Le côté de son visage était tuméfié, comme si on l'avait récemment frappé, et des bleus marquaient ses jambes et ses bras.

Je serrai le poing. Comment Trevolo comptait-il la faire passer pour une esclave consentante et choyée ?

Tout indiquait qu'elle était ici sous la contrainte. Soit ceux qui la regardaient étaient aveugles, soit ils s'en fichaient.

— Qui est-ce ? demanda un homme que je n'avais pas encore rencontré.

— L'humble assistante d'une designer que ma femme a engagée. J'ai su dès la première fois que je l'ai vue qu'elle avait quelque chose de spécial, et l'offre d'une vie meilleure était trop belle pour qu'elle y résiste. Comme vous pouvez le voir, elle est métisse. Je dirais Indienne et Caucasienne. Elle est magnifique, mais ce sont ses yeux qui attirent les hommes. Ils sont d'ambre pur. Comme ceux d'un tigre.

Quelques hommes se penchèrent en avant pour mieux examiner Ana.

Cet enfoiré de foutu menteur.

— Au vu de la manière dont vous l'avez enchaînée, elle se bat aussi comme une tigresse, ajouta un autre homme. J'aimerais être celui qui aura le plaisir de la discipliner.

— Pour le bon prix, c'est une possibilité.

Trevolo récupéra son verre et but une gorgée de scotch.

Avant que quelqu'un d'autre ne prenne la parole, je lui demandai :

— Combien ?

— Vous me demandez la mise de départ ? Cinq.

Cinq millions. Je ne m'attendais pas à un prix aussi

élevé. Une lueur dans le regard de Trevolo me disait qu'il s'attendait à ma réaction face à Ana.

— Elle doit valoir de l'or au lit pour que son offre de départ se chiffre en millions, lança Mica Chance en secouant la tête.

— Elle vaut chaque centime. Comme elle vient juste d'arriver, l'un d'entre vous aura le privilège de la goûter en premier. Elle n'est pas vierge, mais personne ne s'en est servi. Peut-être un amant ici ou là.

— Comment le savez-vous ? demanda un type joufflu et dégarni.

— Nos médecins l'ont examinée pour vérifier l'état de son hymen. Elle avait une vie très protégée avant d'arriver ici. Au vu de sa personnalité, elle n'est pas du genre à laisser n'importe qui la toucher, bien qu'elle soit assez fougueuse.

Trevolo gloussa.

— Ce qui veut dire ? m'enquis-je.

L'idée que les docteurs aient examiné Ana ajoutait à la rage qui bouillonnait sous ma peau. Ils l'avaient touchée sans permission, sans consentement.

Trevolo dit avec une pointe d'amusement :

— Cette furie a déboîté l'épaule du premier médecin quand il a essayé de la toucher. Elle accepte de venir ici et, ensuite, elle joue les prudes.

— Cela n'explique ni les chaînes ni les coups qu'elle a manifestement reçus.

J'étudiai la réaction de Trevolo à mes paroles.

Il fronça les sourcils comme si je l'avais contrarié.

— Mes gardes sont intervenus lorsqu'elle a attaqué le

médecin. Elle a été blessée quand ils essayaient de la maîtriser. Après coup, nous avons pris la décision de l'enchaîner, pour sa sécurité aussi bien que pour la nôtre. Un peu de discipline, et je suis sûr qu'elle rentrera dans le rang.

Foutu menteur.

Je jetai un œil aux autres hommes dans la pièce, et tous, à l'exception de Silas Finn, agissaient comme si Trevolo disait la vérité et non un tas de conneries, comme nous le savions tous.

— Si elle est si problématique, pourquoi ne pas la renvoyer ? Je suis persuadé qu'un tas de femmes seraient prêtes à échanger leur corps pour une vie de luxe, ajouta un autre invité que je n'avais pas salué. Ce devrait être plus simple de la ramener plutôt que lui infliger de la violence pour qu'elle s'adapte à ce style de vie.

— Nous lui en avons donné l'option. Elle ne veut pas revenir. Je crois qu'elle a simplement besoin du bon type de maître, dit Trevolo en se tournant vers moi. Êtes-vous cet homme, M. Bonaparte ?

— Peut-être, répondis-je, soutenant son regard. Combien pour l'acheter directement ? Pas d'enchères, rien qu'un prix.

Je gardais un ton froid, sans la moindre émotion, détaché, comme si j'étudiais une proposition commerciale.

Il y eut quelques grognements dans le groupe, mais la plupart restèrent silencieux, observant le jeu qui se déroulait entre Trevolo et moi.

Il avait un sourire en coin que j'avais envie de lui effacer avec mon poing.

— Vingt millions.

J'avais hâte d'être au jour où je pourrais coller une balle dans la tête de cette ordure.

— Marché conclu.

Je me baissai, pris une carafe en cristal, me versai une bonne dose du scotch à 5 000 dollars de Trevolo et j'avalai l'alcool brûlant d'une traite.

— Maintenant, emmenez-moi voir mon esclave.

CHAPITRE

Quatre

Anaya

Je me réveillai avec une douleur atroce à la tête et une autre à la mâchoire.

J'ouvris les yeux, faisant de mon mieux pour me concentrer sur l'horloge fixée au plafond, mais j'avais la vision floue.

Bon sang, que mon corps me faisait souffrir !

Cet enfoiré de garde m'avait frappée assez fort pour m'assommer.

Même si j'avais terriblement mal maintenant, je n'avais pas le moindre regret d'avoir cogné l'une de ces pourritures et de lui avoir cassé le nez. Il l'avait mérité pour avoir essayé de me peloter.

Je savais que les autres avaient prévenu ce crétin de garde que je n'étais pas le genre de femme timide et faible que Trevolo faisait en général venir pour ses clients, mais cet abruti avait pensé que, parce qu'il était deux fois plus grand que moi, il réussirait à m'intimider pour que je lui obéisse.

Cet enfoiré ignorait que Jeff, mon entraîneur et mentor à Solon, était plus grand que lui et dix fois plus effrayant. Si j'étais capable de mettre Jeff à terre, le garde ne poserait aucun problème. Là où j'avais fait une erreur, c'est que je n'avais pas remarqué le deuxième homme qui se cachait près de la porte. C'était celui qui m'avait asséné le coup de poing qui m'avait fait perdre connaissance.

Je clignai plusieurs fois des yeux et parvins enfin à me concentrer. Jetant un coup d'œil à l'horloge, je constatai que j'avais dormi pendant cinq heures, ce qui signifiait qu'il me restait encore du temps avant l'extinction des feux.

Je remuai mon corps et me rendis compte que j'avais les bras enchaînés au mur. Je gémis.

J'aurais dû m'y attendre. C'était la procédure standard après ce genre d'incident.

La première fois que cela s'était produit, ç'avait été le jour de mon arrivée dans cette prison. Le médecin m'avait informée qu'il voulait voir si j'étais « usagée » ou vierge. Je lui avais cassé le bras et déboîté l'épaule.

Après ça, ils m'avaient systématiquement droguée avec un paralysant quand ils voulaient me faire passer un « examen de santé ». Ils veillaient à ce que je sache ce qui se passait, et ils voulaient que je ressente le toucher invasif du médecin.

Les premiers jours après mon enlèvement étaient passés dans une sorte de brouillard. On m'avait administré une sorte de sédatif qui leur permettait de me faire passer d'un manipulateur à l'autre sans résistance.

J'avais le vague souvenir d'avoir entendu des conversations au sujet de quelqu'un qui avait ordonné mon enlèvement. Enfin, celui d'Anastasia Ashton. Et ce n'était pas celui que j'avais mis en place avec mon contact… avec Adrian.

Ma foutue couverture était la raison de ce boxon. Qui voudrait d'une assistante de designer timide ? Cela n'avait aucun sens. J'avais fait tout ce qu'il fallait. La seule chose qui me venait à l'esprit était que Catarina Trevolo ne me tenait pas particulièrement en haute estime, mais je n'avais rien fait pour justifier une telle vengeance de sa part.

Qu'est-ce qui n'allait pas chez moi ? J'essayais de trouver une raison logique qui pourrait pousser une garce complètement dingue comme Catarina à vendre des gens.

La seule chose dont j'étais absolument certaine, c'était que j'allais être vendue avec la marchandise humaine de Trevolo.

Heureusement, on m'avait laissée seule dans ma cellule depuis mon arrivée sur l'île, sans interaction avec qui que ce soit d'autre que les gardes qui m'apportaient ma nourriture. Enfin… en dehors des « examens médicaux ».

Je me laissai retomber sur le lit et fermai les yeux, consciente de ma situation.

Plus longtemps je restais ici, plus il serait compliqué de me retrouver. Et je n'avais aucune idée de l'endroit où je me trouvais. Un frisson remonta le long de ma colonne vertébrale alors que je me résignais. Je savais quel sort je connaîtrais si mon équipe ne me trouvait pas. J'étais devenue une chose vendue au plus offrant, pour Dieu seul savait quelle finalité. Si tout s'était déroulé comme prévu, j'aurais été sous surveillance permanente, et des renforts auraient été prêts à me tirer de n'importe quelle situation.

Qu'allais-je devenir si Solon ne me retrouvait pas à temps ?

La bile me monta à la gorge, et je déglutis avec force.

Le verrou de ma cellule cliqueta, et je m'assis en sursaut, essayant d'ignorer la morsure des menottes qui s'enfonçaient dans mes poignets.

Un groupe d'hommes en costumes entrèrent avec Trevolo, et une avalanche de terreur s'abattit sur moi. C'était le moment. Mon temps était écoulé.

— Messieurs, voici le trophée que nous avons baptisé « la furie ». Elle aurait été le joyau de la couronne de notre vente aux enchères, si M. Bonaparte ne l'avait pas déjà achetée.

Trevolo s'exprimait en anglais, contraste frappant avec l'italien qu'il utilisait auparavant avec moi.

— Bonaparte aime collectionner toutes celles qui sont spéciales. J'ai perdu contre lui au moins trois fois.

Ils se mirent à parler autour de moi, mais je ne pouvais me concentrer que sur une chose : quelqu'un m'avait achetée.

Puis mon esprit se rappela où j'avais déjà entendu le nom de Bonaparte.

Julian Bonaparte était membre d'une famille notoire de trafiquants d'armes et de drogue. Il avait la réputation d'être un génie, avec des compétences inédites en matière de cybersécurité. On le disait également cruel et sans cœur dans tous les aspects de l'existence. À ses yeux, les secondes chances n'existaient pas. Ceux qui croisaient sa route avaient rarement la chance de voir le jour se lever.

L'espoir me quitta lentement alors que l'émotion me nouait la gorge. J'enroulai mes bras autour de mes genoux pliés, et cachai mon visage.

Je peux survivre jusqu'à ce que Solon me fasse sortir. Je survivrai jusqu'à ce que Solon me fasse sortir.

L'un d'eux, au pied du lit, tendit la main pour me toucher, mais s'arrêta quand je lui donnai un coup de pied.

Le groupe éclata de rire.

— Voilà ce que je disais, une furie.

L'humour dans le ton de Trevolo me donnait envie de faire bien plus que lui donner un coup de pied.

— Regardons au moins à côté de quoi nous sommes passés.

Le même homme leva à nouveau la main vers moi, mais s'interrompit quand Trevolo se posta entre nous.

— Je ne peux pas prendre cette décision. Vous connaissez les règles des ventes aux enchères. Ce bijou appartient à M. Bonaparte. Il faut qu'il soit prêt à partager son esclave. Après tout, il a payé 20 millions pour l'avoir.

Le groupe se déplaça et, soudain, je ressentis un picotement que je n'avais jamais eu qu'en présence d'une seule personne. Mon cœur s'emballa. Je fermai les yeux et baissai de nouveau la tête, parce que je ne voulais pas être déçue.

— Demande refusée, dit Adrian, ce qui me fit relever brusquement la tête.

Il s'avança vers le lit, se frayant un chemin parmi la foule. Il montrait un côté froid que je ne lui connaissais pas. Ce qui lui donnait l'air dangereux, voire instable.

Il me scruta. Rien dans son attitude ne laissait paraître qu'il me connaissait. Son regard remonta de mes pieds jusqu'au T-shirt qui me couvrait à peine le corps, jusqu'à mes bras.

— Détachez-la, ordonna-t-il. Personne ne pose un doigt sur elle sans ma permission.

— Vous l'avez entendu.

Trevolo désigna d'un geste les gardes qui semblèrent hésiter devant sa requête.

L'un d'eux me libéra les bras et, immédiatement, je rampai vers le haut du lit, loin d'Adrian et des autres types. Par instinct, je tentai de tirer mon minuscule T-shirt sur mes hanches.

Le regard d'Adrian s'attarda sur le tatouage de colombe sur ma hanche.

— Viens par ici, petite colombe, ordonna Adrian. J'aimerais te dire un mot.

Mais avant que je ne puisse remuer, il m'attrapa par la gorge et m'attira vers lui.

Je gémis quand la douleur de son emprise sur mes voies respiratoires se fit sentir. Bon sang, mais qu'était-il en train de faire ?

Ce n'était pas mon Adrian, mais Julian.

Mes yeux me brûlaient, et mon esprit s'embruma, comme si j'étais sur le point de m'évanouir.

— Tu m'appartiens maintenant, petite colombe. Ton bonheur dépendra de ta manière de me satisfaire. Comporte-toi bien et je te récompenserai, comporte-toi mal et je te punirai.

Il relâcha sa prise, me laissant respirer.

— À partir de maintenant, tu feras ce que je veux, quand je veux, avec qui je veux. Si je te dis de te mettre à genoux et de ramper, tu le feras sans poser de question. Si je te dis de soulever ta jupe pour que je puisse te prendre devant une salle bondée, tu le feras. Je ne te ferai pas de mal, à moins que tu ne m'y obliges. Est-ce que je me fais bien comprendre ?

Son regard vert émeraude plongea dans le mien.

— Ou-oui, pleurnichai-je.

J'avais envie de m'écrouler de soulagement de constater qu'Adrian était là, mais c'était impossible. Ce n'était que le début.

Il me relâcha brutalement, me laissant choir sur lit, puis il se retourna. Je haletai pour respirer et roulai sur le côté.

— L'argent sera sur votre compte dans l'heure. Faites-la nettoyer et installez-la dans la suite nuptiale.

Il fallut encore plusieurs minutes avant que les hommes ne partent. Tous me regardaient comme s'ils avaient perdu une compétition déloyale.

La porte fut de nouveau verrouillée mais, cette fois, je savais que, rapidement, quelqu'un viendrait pour m'emmener.

La froideur du regard d'Adrian n'avait rien de comparable avec ce que j'avais vécu avec lui auparavant. C'était comme s'il avait totalement changé de personnalité. Je me croyais douée pour garder ma couverture, mais Adrian était au-delà de tout ce que j'avais connu. Et au vu de la manière dont les gens réagissaient face à lui, je compris que cela faisait longtemps qu'il peaufinait son rôle.

Tout ce qui comptait, c'était qu'il était sur l'île avec moi et, aussi pervers que cela puisse paraître, qu'il m'avait achetée.

Je poussai un soupir de soulagement.

J'allais sortir d'ici. Je retournerai à mon ancienne vie.

Puis un sentiment de culpabilité m'envahit. Il y avait des femmes et des enfants, dissimulés quelque part sur cette île, qui n'auraient jamais cette option.

Il fallait que je joue mon rôle et que je découvre un maximum de choses pour les faire sortir. Ici, je ne pouvais pas être Anaya Anthony. Je ne pouvais montrer qu'Anastasia Ashton aux yeux des gens.

J'étais une esclave qu'on avait achetée.

Adrian m'utiliserait, abuserait de moi… Je déglutis.

Et il me partagerait.

D'après mes recherches, c'était une forme de politesse pour une esclave de harem d'être offerte à un homme du choix de son propriétaire.

Je n'imaginais pas qu'Adrian puisse envisager cette option. Il était de nature possessive. Je me souvenais qu'il avait frappé un type qui m'avait fait des avances dans un club où nous nous étions rendus, du temps de l'université.

Nous ferions tous les deux ce qu'il faudrait pour quitter cette île, achever nos missions et obtenir les informations nécessaires pour faire tomber Trevolo et les acheteurs de ses esclaves illégaux.

D'après la tournure des propos des invités qui étaient entrés dans ma cellule, je n'avais pas fait partie de la vente aux enchères spéciale, mais de celle que Trevolo menait avec son harem.

Cela n'avait aucun sens, mais il devait y avoir une raison.

La porte s'ouvrit sur une jeune femme aux longs cheveux blonds. Elle portait un collier autour du cou, qui brillait comme s'il était recouvert de diamants. Quand elle s'approcha, je constatai que c'en était vraiment. Puis je remarquai ses vêtements. Ils étaient de marque, les mêmes que porterait une femme riche en vacances, et elle ne portait pas la moindre trace d'ecchymose. Elle devait faire partie du harem de Trevolo.

— Qui êtes-vous ? demandai-je.

— Je m'appelle Ele. Je suis ici pour vous préparer pour votre maître, m'expliqua-t-elle dans un anglais mâtiné d'italien, en me tendant la main. Venez avec moi, je vais vous laver.

Je glissai ma paume dans la sienne, avec l'envie de pleurer. C'était la première fois depuis plus d'un mois que quelqu'un me touchait d'une manière qui me convenait.

Garde la tête froide, Anaya.

Je la suivis sans discuter. Nous empruntâmes un couloir qui menait à une zone avec de hauts plafonds et de grandes fenêtres donnant sur l'océan. J'en eus le souffle coupé. Je n'étais définitivement plus en Italie.

J'étudiai le feuillage, le rivage, ainsi que les personnes qui travaillaient à l'entretien de la plage. Un yacht passa au loin, et je distinguai le nom d'*Évasion Caribéenne*.

— Nous sommes dans les Caraïbes ? demandai-je.

— Oui, répondit-elle d'un air méfiant. Mieux vaut ne

pas poser trop de questions, surtout en public.

Je hochai la tête, puis remarquai les caméras et les gardes positionnés à l'extrémité de la longue passerelle.

— Par ici.

Ele fit un geste vers une grande porte en bois qui mesurait probablement trois mètres de haut.

Elle me conduisit dans ce que je ne pouvais décrire que comme la chambre d'une princesse de conte de fées. Des rideaux transparents flottaient au vent devant les fenêtres, un grand lit à baldaquin trônait au centre de la pièce et les murs étaient décorés de diverses teintes pastelles pour créer l'image d'un jardin.

— Est-ce que c'est ma chambre ?

— Seulement pour ce soir. Si votre maître est satisfait de vous, il vous fera déménager dans son bungalow.

— Et s'il ne l'est pas ?

Elle hésita avant de répondre :

— Pour les autres invités, vous êtes l'un des joyaux du harem de Maître Trevolo, vendu à M. Bonaparte pour les deux prochaines semaines. Pour votre bien, ne l'oubliez jamais.

— Donc, je dois prétendre que je suis ici par choix ?

— Oui. Vous ne survivriez pas dans le cas contraire.

Je la scrutai.

— Avez-vous fait le même choix ?

Elle ne me regarda pas.

— J'ai fait le choix qui m'a permis de rester en vie.

— Qu'êtes-vous, si vous ne faites pas partie de son harem ?

— La maîtresse de maison de Maître Trevolo.

Bon sang, mais qu'est-ce que ça pouvait bien vouloir dire ?

Comme si elle lisait dans mes pensées, elle répondit :

— Je fais ce que Maître Trevolo me dit. Je suis son animal de compagnie, son esclave, et la maîtresse qui dirige le domaine.

— Vous jouez le rôle de sa femme.

La colère traversa son regard brun.

— Non, je suis celle qu'elle refuse d'être pour son mari. Je sais que vous l'avez rencontrée. Elle est la raison pour laquelle Maître Trevolo s'est intéressé à vous au départ. Il a dit qu'elle ne vous appréciait pas vraiment, et qu'elle voulait que vous partiez.

Catarina Trevolo était une véritable garce. Elle m'avait fait travailler comme une folle, puis m'avait accusée de me relâcher et, enfin, d'essayer de mettre le grappin sur un homme riche en flirtant. Quand est-ce que j'aurais eu le temps de flirter ?

Catarina était impliquée, c'était logique. La dernière chose dont je me souvenais, c'était de m'être approchée de la vedette, près du quai, pour récupérer le sac à main qu'elle pensait avoir laissé là. Ensuite, je m'étais réveillée dans la cellule.

— Pourquoi est-ce que vous me paraissez familière ? lui demandai-je en étudiant son visage. Est-ce que je vous connais ?

— Je suis sa sœur.

Mon estomac se contracta, je n'arrivais pas à en croire mes oreilles.

Catarina Trevolo avait vendu sa propre sœur. À son

mari, qui plus est.

— Je ne comprends pas.

— Qu'y a-t-il à comprendre ? C'était soit mourir, soit vivre ici.

— Mais, qu'en est-il de votre famille ?

La douleur transparaissait dans ses mots.

— Ils ne savent pas ce que je suis devenue.

Toutes mes recherches indiquaient que Catarina Trevolo était issue d'une des plus riches familles de l'île de Malte. Puis je me souvins que sa cadette, Elenora, était présumée morte. Il y avait des rumeurs au sujet de la dissimulation d'un enlèvement qui se serait soldé par sa mort.

— Je vous en prie, ne parlons plus de cela. C'est le genre de conversation qui pourrait nous rapporter des ennuis à toutes les deux.

Ele s'avança vers la salle de bains.

— Venez. Je dois vous préparer pour votre nouveau mari.

— Ils vont vraiment me forcer à l'épouser ?

Ele mit la douche en route, laissa tomber une sorte de tablette parfumée sur le sol carrelé et referma la porte vitrée.

— Cela importe-t-il qu'il y ait une cérémonie ou non ? Il vous a achetée au prix de la fiancée. Cela signifie que vous en êtes une. Peu importe si les autres invités ne connaissent pas la vérité à votre sujet. En plus, c'est pour cette raison que vous avez un statut si élevé. Cela veut dire aussi que plus de gens feront attention à vous.

— Je ne comprends pas.

— Maître Trevolo vous a gardée spécialement pour

M. Bonaparte

— Pourquoi ? demandai-je. Pourquoi pensait-il que j'étais bien pour lui ?

— M. Bonaparte gravite autour de femmes qui vous ressemblent. Maître Trevolo savait sans le moindre doute que M. Bonaparte paierait un prix exorbitant pour vous. En plus, le fait que tant d'invités aient été fascinés par vous ajoute à votre valeur. Ils parlent de vous comme de « l'Aphrodite de l'île de Catarina ».

La dernière chose que je me voyais incarner, c'était Aphrodite. Les hommes ne tombaient pas à mes pieds. Bon sang, le seul que je voulais s'était détourné de moi.

— Retirez vos vêtements. J'ai placé des arômes d'eucalyptus et de lavande dans la douche. Ils apaiseront vos sens. Vous avez trente minutes pour vous préparer.

Ele se retourna de manière détachée, puis s'avança vers une chaise devant la coiffeuse, où elle s'assit.

— Vous restez ?

— Oui. Je dois vous préparer. Après votre douche, je vous expliquerai tout ce à quoi vous devez vous attendre avec votre maître.

J'eus envie de poser des questions, mais je m'abstins. J'avais un besoin désespéré de prendre une douche et de me débarrasser de la crasse de l'examen du matin. Les rares douches que m'avait autorisées Trevolo étaient supervisées par des gardiens. Au mieux, l'eau était tiède, mais au moins j'étais propre. Les seuls vêtements que j'avais le droit de porter étaient de minces T-shirts blancs. C'était toujours quelque chose, et c'était mieux que de devoir être nue en permanence.

Je retirai le T-shirt et le jetai sur le sol, puis j'ouvris la porte de la cabine vitrée et m'avançai sous les multiples jets des six pommeaux de douche.

Je levai mon visage vers l'eau et gémis lorsque la chaleur commença à s'infiltrer dans mes os.

— Oh, bon sang, ça fait tellement de bien !

Appuyant mes mains sur le mur, je la laissai cascader sur ma peau. En fermant les yeux, j'aurais presque pu faire semblant d'être sous la douche géante de la chambre principale de mon appartement de Vegas.

Cela faisait presque quatre mois que je n'étais pas rentrée à la maison, et ç'avait été en secret, sans que ma famille ne le sache. Henna, mes frères, mes belles-sœurs et mes neveux, dont deux que je n'avais même pas encore rencontrés, me manquaient.

Pourquoi étais-je restée si longtemps éloignée ?

Adrian.

Je l'avais évité comme la peste et, à présent, c'était lui, mon sauveur. Enfin, si nous arrivions à sortir d'ici.

— Je vous conseille de vous laver avant que votre temps ne soit écoulé, lança Ele, dont la voix me tira de mes pensées. Je ne veux pas que vous y alliez sans être préparée.

Je suivis ses instructions, et lavai mes cheveux et mon corps. Quand je coupai l'eau, Ele ouvrit la porte de la douche en tendant une immense serviette.

Elle l'enroula autour de moi, et me conduisit au siège qu'elle venait de libérer. Avec une autre serviette, elle entreprit de me sécher les cheveux.

— Il est de votre devoir de gratifier votre maître de la manière dont il le souhaite. Pas de discussion. Ne vous détournez pas de ses avances. Ne lui laissez jamais voir, ne serait-ce qu'une minute, que vous n'êtes pas reconnaissante d'être sa fiancée.

— Pouvez-vous me parler de lui ?

En dehors de ce que la CIA avait diffusé dans le monde, la couverture d'Adrian était un mystère complet pour moi, et mieux valait avoir le maximum d'informations.

— Julian Bonaparte est le fils aîné de la famille Bonaparte. Son père est la figure de proue de la famille.

— Alors, mon… dis-je avec hésitation… *maître* est le véritable leader du clan ?

— Oui. C'est une version plus jeune et plus dure de son père.

Elle posa la serviette au sol près de la chaise, puis se posta devant moi pour me maquiller.

— Faites-vous une faveur : ne vous battez pas contre lui. Il n'est pas réputé pour accorder de seconde chance.

— Vous êtes-vous battue ?

— Oui, répondit-elle avec un hochement de tête. Apprenez de mes erreurs. Résister ne vaut pas des semaines de douleur insupportable.

— Est-ce qu'il vous punit toujours ?

— Rarement. Maintenant, c'est plus pour le plaisir.

Sa réponse était empreinte de tristesse.

Avant que je ne puisse répondre, son téléphone bipa. Elle le tira de la poche de son pantalon.

— M. Bonaparte est en route.

— Attendez ! Et les autres femmes du harem ?

— Vous n'avez pas à vous en inquiéter : elles savent où sont leurs places.

— Ne vont-elles pas se poser de questions sur mon apparition soudaine ?

— Même si elles sont curieuses à votre sujet, elles se tairont. Elles ont choisi cette vie, et elles sont conscientes que si elles contrarient Maître Trevolo, tout ce luxe disparaîtra.

— Alors, elles feront comme si j'étais l'une d'entre elles ?

— Oui,

— Et les autres ? l'interrogeai-je. Je ne peux pas être la seule à être retenue ici contre ma volonté.

Elle ouvrit la bouche pour répondre, puis la referma.

Au bout de quelques secondes, elle dit :

— La seule personne qui doit vous préoccuper, c'est vous. Comme je vous l'ai dit tout à l'heure, ne laissez jamais voir à personne que vous êtes ici contre votre gré.

Elle me tendit les mains pour que je me lève. Elle prit une robe transparente sur un cintre tout proche, et m'aida à l'enfiler. Après avoir allumé une série de bougies autour de la pièce, elle se dirigea vers les portes du balcon, les ouvrant pour laisser entrer le son de l'océan.

Dans un autre contexte, j'aurais presque pu penser que le cadre était romantique, avec la brise qui agitait les rideaux légers et la lueur des nombreuses bougies dans la pièce.

— Lui faire plaisir est votre priorité. Il vous traitera comme un trésor dès lors que vous ferez ce qu'il dit. Je reviendrai vous voir demain matin.

Ele franchit la porte, me laissant attendre Adrian dans la luxueuse chambre.

CHAPITRE
Cinq

Adrian

Je pénétrai dans la suite nuptiale et trouvai Ana assise au centre d'un lit à baldaquin géant.

Bon sang, elle était la plus belle chose que je n'avais jamais vue. La lueur des bougies qui l'entouraient lui conférait un air irréel.

Elle avait la tête inclinée, et ses longs cheveux blond foncé étaient humides et retombaient en cascade dans son dos. Elle portait une robe ivoire presque transparente, dégageant une aura virginale.

Elle releva son visage, et je fus frappé par l'impact de ses yeux ambrés. Ils n'étaient plus embrumés par la douleur ou les médicaments. Les ecchymoses sur le côté de son visage étaient plus visibles qu'avant, mais elles ne retiraient rien à sa beauté. Cela la rendait plus fragile, plus vulnérable.

J'avais envie de l'envelopper dans mes bras et de l'emmener, faire comme si ces cinq années n'avaient jamais existé. Ana faisait ressortir un côté protecteur en moi, que je n'avais jamais connu avec une autre. J'avais déjà eu des partenaires féminines auparavant, et je ne voyais aucun inconvénient à surveiller leurs arrières et à leur faire confiance pour surveiller les miennes. J'avais toujours cru que les femmes de l'agence étaient aussi bonnes et, parfois, meilleures que les hommes. Elles avaient aussi moins d'ego et, à cause de la bureaucratie du système, plus de choses à prouver.

Mais avec Anaya Anthony, mon homme des cavernes intérieur demandait à sortir, l'emmener, la cacher, la protéger. Qu'elle soit forte ou non n'avait aucune importance.

Elle était à moi. Elle l'avait toujours été et elle le serait toujours. Que nous soyons séparés n'y avait rien changé.

Elle m'observa pendant que je refermais la porte, verrouillant derrière moi, et que je m'avançais vers elle. Elle garda le silence, attendant de voir ce que je ferais.

Je déboutonnai et retirai ma chemise, que je jetai sur une chaise proche.

Elle en eut le souffle coupé. Je baissai les yeux et je compris qu'elle étudiait les tatouages qui couvraient la majeure partie du côté gauche de mon corps, de mon épaule à ma taille en passant par mes côtes.

Si elle étudiait les motifs de près, elle verrait les cicatrices cachées en dessous, celles qui m'avaient été infligées moins d'un mois après avoir rompu avec elle. Celles qui m'avaient fait penser à l'époque que j'avais fait le bon choix.

Je m'arrêtai au pied du lit.

— Tu es à moi maintenant.

Elle continua de me scruter sans dire un mot.

— Viens ici.

Elle hésita, puis rampa jusqu'à moi, puis s'agenouilla, les mains posées sur les cuisses et la tête inclinée.

Mon sexe tressauta.

Merde. C'était mon fantasme qui prenait vie. Si seulement nous avions été dans un autre endroit, à un autre moment.

— Regarde-moi. Tout de ce que tu connais n'existe plus, lui dis-je quand elle m'eut obéi. Je ne te ferai pas de mal, Anastasia, sauf si tu m'y obliges. Tu comprends ?

— Oui, murmura-t-elle d'une voix rauque.

Je m'assis et tapotai mes genoux. Elle ne fit pas le moindre mouvement. Je répétai mon geste et attendis. Au bout de quelques secondes, Ana se déplaça pour me chevaucher, rassemblant sa robe autour de nous et posant ses mains sur mes épaules nues. Je savais qu'elle sentait mon érection contre son sexe nu, mais c'était plus fort que moi. J'étais toujours ainsi quand elle était près de moi.

J'agrippai sa taille et nous nous dévisageâmes. Puis ses yeux se posèrent à différents endroits de la pièce.

Je hochai la tête.

Elle était aussi consciente des caméras que moi. Trevolo aimait enregistrer les premières rencontres entre les acheteurs et les esclaves qu'ils avaient acquises. C'était sa version du porno en live-action. Pour un prix de 20 millions de dollars, je savais que c'était trop demander à Trevolo que de me garantir une certaine intimité.

Je détestais ce salaud, mais la priorité était de faire sortir

Ana d'ici et, pour cela, je devais jouer le jeu. *Nous* devions jouer le jeu. Et si nous survivions, je prendrais un malin plaisir à tuer cet enfoiré.

Me penchant vers son oreille, je mordis son lobe puis murmurai pour qu'elle seule entende :

— J'ai désactivé l'audio, mais nous devons quand même nous montrer prudents.

Ses doigts se resserrèrent sur mes épaules alors qu'elle poussait un soupir de soulagement.

— Ce n'est pas ainsi que je voulais que ça se passe entre nous, mais nous n'avons pas le choix, chuchotai-je. Je ne serai pas comme avant. Je vais attendre des choses de toi. Te faire faire des choses… Je ne peux pas être doux.

Elle me fit taire avec sa réponse à voix basse, presque inaudible.

— Est-ce que ça a déjà été doux entre nous ?

Elle avait raison. Nos ébats sexuels avaient toujours comporté un mélange de domination et de soumission. Cela nous était venu naturellement. C'était comme si nous lisions les besoins de l'autre sans les exprimer. Nous avions expérimenté presque tout ce qui était imaginable au sein d'un couple.

— Ils m'ont donné ton dossier. Cela fait combien de temps, Ana ?

Elle baissa la tête et détourna le regard. Elle savait ce que je demandais.

Je lui relevai le menton d'un doigt.

— Je t'ai posé une question.

— Cinq ans, dit-elle, les lèvres tremblantes, et je compris ce qu'elle n'avait pas à préciser : « *Avec toi* ».

J'eus l'impression que mon cœur était pris dans un étau.

Elle était restée seule depuis cette nuit fatidique dans une chapelle de Las Vegas, et la semaine qui avait suivi.

J'avais tant de questions et, surtout, je voulais savoir *pourquoi*, mais elles devraient attendre que nous déménagions dans mon bungalow, sur la côte. Le seul endroit de l'île sans surveillance. D'ici une semaine au moins.

Comme si elle ressentait l'intensité de ce qu'elle venait de m'avouer, ses yeux se remplirent de larmes.

Je saisis sa mâchoire et frottai mon pouce sur sa lèvre inférieure. Son souffle devint irrégulier et ses ongles s'enfoncèrent dans ma peau.

Je me penchai pour prendre sa bouche, mais m'arrêtai à la seconde où le bruit d'une caméra en mouvement parvint à mes oreilles.

Cette ordure nous regardait en direct. J'eus l'impression que la colère qui bouillonnait en moi était sur le point d'éclater. Je savais que tout ce qu'Ana et moi ferions dans cette maison serait exposé, mais je n'avais pas mesuré ma réaction viscérale en sachant que quelqu'un pourrait voir Ana comme je la voyais.

Je levai les yeux vers la caméra, prêt à sortir de la chambre pour aller expliquer le fond de ma pensée à cet enfoiré. Je déplaçai mes mains pour soulever Ana au-dessus de moi ; cependant, avant que je ne bouge, Ana parla, détournant mon attention de la caméra.

— Elle a dit que je devais te faire plaisir ou… commença-t-elle sans terminer sa phrase, empreinte d'un soupçon de peur. Laisse-moi te faire plaisir.

La supplique dans son regard me poussa à me concentrer. Je n'étais ici que pour une raison, pour faire sortir Ana d'ici et terminer la mission.

J'étais Julian, pas Adrian, et elle était Anastasia, pas Anaya.

Bon sang, elle méritait tellement mieux que ça.

Je saisis sa nuque et lui demandai :

— Tu veux me faire plaisir ?

— Oui.

Sa voix frémit, et ce n'était pas juste pour jouer un rôle.

Peu importait que nous soyons dans une situation merdique ou que ce soit pour un travail, rien entre nous ne relevait jamais du business. Elle le savait autant que moi.

Je l'attirai contre moi et couvris sa bouche de la mienne.

Mon baiser était brutal, rempli de colère, de passion et de désir. Le désir de retrouver la femme que j'avais perdue il y a si longtemps, de retrouver cette vie que nous ne pouvions pas avoir à cause de notre âge et de nos rêves et, surtout, l'envie de l'amour du seul être qui n'avait jamais occupé mon cœur.

— Tu as un goût incroyable, putain.

J'approfondis l'étreinte, poussant ma langue au-delà de ses lèvres. Elle poussa un cri de protestation avant de céder.

Mais ce fut pour me mordre la lèvre, ce qui me surprit.

— C'était quoi, ça ?

Je lui saisis la mâchoire que je serrai fort, sûrement plus que je ne l'aurais dû.

Ses doigts s'agrippèrent à mon poignet et ses pupilles se dilatèrent tandis qu'un léger gémissement s'échappait de ses lèvres. Elle respirait par à-coups.

Bon sang, comment avais-je pu oublier ? Elle aimait

quand j'étais brutal et que je lui infligeais une légère douleur.

— Tiens-toi bien.

Je serrai les dents, sentant la moiteur chaude de son sexe qui mouillait ma verge couverte de tissus et tendue.

Son plaisir, son désir, son excitation étaient censés être intimes, réservés à moi seul. Pas à une foutue caméra ou au pervers qui nous regardait.

Avec n'importe qui d'autre, je n'aurais pas réfléchi à deux fois. Ç'aurait été un boulot, mais elle était tout sauf cela.

— Tu comprends ?

Je relâchai mon emprise sur sa mâchoire juste assez longtemps pour qu'elle n'acquiesce, avant de m'emparer de nouveau de ses lèvres. Je pillai sa bouche, je me gavai, je me perdis dans le goût incroyable de ses lèvres.

Rompant notre baiser, je la regardai fixement, haletant.

— Je te veux nue.

Libérant son visage, je baissai la main, attrapai l'ourlet de sa robe et la fis passer par-dessus sa tête pour la jeter sur le sol.

Sa peau était d'une teinte doré clair, marquée par trop de contusions pour les dénombrer. Puis, je remarquai deux petites cicatrices irrégulières et dentelées, une sur son épaule et une autre près de ses côtes inférieures. Les deux portaient les marques distinctives d'une chirurgie d'urgence. Elles étaient anciennes, guéries, et avaient une histoire.

Étaient-ce des blessures par balle, ou autre chose ?

— Tu me raconteras tout cela.

C'était un ordre de ma part, sans l'ombre d'un doute.

Ses doigts parcoururent les cicatrices sous mes tatouages. Elle n'eut pas besoin de le dire pour que je l'entende : « *Idem* ».

Son toucher léger sur ma peau sensible me donna la chair de poule.

Je fis glisser mes paumes sur ses seins, pressant, pétrissant les monticules ronds et pleins. Ana avait toujours eu une poitrine parfaite.

Je l'embrassai dans le cou, soutenant son dos et l'inclinant jusqu'à ce que je puisse aspirer dans ma bouche le bourgeon froncé et tendu de son mamelon. Je la léchai, la lapai, la taquinai.

Bon sang, ça m'avait manqué de la toucher.

— Oh ! cria-t-elle alors que je mordais son bourgeon sensible avant de souffler dessus et de passer à l'autre sein.

Elle s'accrocha à mes avant-bras, se cambrant sous la caresse de mes lèvres et de ma langue. Mon sexe était sur le point d'exploser. Ses petits mouvements assortis de ses gémissements me rendaient fou.

Elle était toujours une véritable déesse quand elle était perdue dans son désir.

Il allait bientôt falloir que je m'enfouisse en elle. Cela faisait si longtemps. Je prendrais mon temps une autre fois, quand je pourrais la vénérer comme elle le méritait, quand nous serions seuls dans mon bungalow, et sans caméras.

Je la tirai vers moi, me relevant et la faisant glisser le long de mon corps jusqu'à ce que ses pieds touchent le sol.

Nous avions tous les deux du mal à respirer.

— Déshabille-moi.

Elle hésita, gardant les poings serrés sur les côtés.

— Je t'ai donné un ordre.

Elle demeura immobile et, au moment où je pensais devoir faire quelque chose pour la corriger, elle attrapa la ceinture à ma taille, tira sur le cuir pour l'ouvrir, déboutonna et abaissa mon vêtement, libérant ainsi mon sexe. Je sortis de mon pantalon, le repoussant sur le côté avec un pied.

Elle contemplait la tête engorgée de mon érection, son souffle devenait plus lourd et toute tentative de cacher son désir pour moi disparut. Elle avait toujours eu une fascination pour mon membre, prenant autant de plaisir à me sucer que moi.

Elle se lécha les lèvres. Du liquide s'écoulait du bout, et cela ne ferait qu'empirer si elle continuait à me regarder avec gourmandise. J'avais passé tant de nuits à rêver de sentir la chaleur de sa bouche sur moi, de la voir me toucher, frapper le fond de sa gorge avec mes coups de reins, de la voir avaler tout ce que je lui donnais.

— Agenouille-toi et lèche-le.

Ses yeux se portèrent sur la caméra pendant un bref instant, puis elle inspira profondément et se laissa tomber sur le sol.

Ses doigts effleurèrent mes hanches tandis qu'elle avançait et passait sa langue sur la fente suintante au bout de mon sexe.

Merde. C'était bon.

Avant que je ne lui demande de faire quoi que ce soit d'autre, elle engloutit ma longueur dans sa bouche chaude et humide. J'empoignais ses cheveux et la forçai à me prendre tout entier.

Elle eut un haut-le-cœur, ne s'attendant pas à ce mouvement. Je me retirai et la ramenai en avant, gloussant quand elle s'étouffa de nouveau, jouant ainsi mon rôle d'ordure.

Je détestais la traiter comme ça, mais je n'avais pas le choix.

— C'est trop pour toi, petite colombe ? Tu ferais mieux de t'y habituer. Je prévois de prendre ta bouche souvent et je m'attends à ce que tu prennes tout de moi.

Cette fois-ci, quand je la fis avancer, elle déglutit, ouvrant le fond de sa gorge pour m'accueillir, respirant par le nez.

— Ah. Brave fille. Tu es en train d'apprendre.

Je la laissai me sucer quelques fois encore avant de la tirer en arrière par les cheveux.

— J'ai beau avoir très envie de me libérer dans ta gorge, ce soir, c'est dans ton sexe que je veux jouir. Bientôt, il prendra la forme de mon membre.

Elle me fixa à travers ses cils trempés de larmes, les lèvres gonflées, la bouche dégoulinante de salive et la peau rougie.

— Viens là. Je veux sentir ton sexe étroit autour de moi.

Relâchant ma prise, je m'assis sur le lit. Elle voulut s'éloigner, mais je la tirai vers moi, la forçant à écarter les cuisses pour se mettre à cheval sur mes hanches. Son excitation maculait la peau de l'intérieur de ses cuisses et la petite perle de son clitoris pointait entre les lèvres de son sexe.

Bon sang. Faire semblant de ne pas vouloir de moi l'excitait. J'allais mourir avant la fin de la nuit.

Mon sexe se tendit vers le haut, et je résistai à l'envie de la pénétrer. J'en saisis la base, faisant glisser ma paume de haut en bas, puis je fis tourner le gland sur son intimité trempée, l'enduisant de son excitation.

Je me positionnai à l'entrée, impatient de ressentir l'extase de son corps qui m'entourerait.

— Prends-moi en toi, Ana.

Elle maintenait son sexe ruisselant juste au-dessus de mon érection, le désir mêlé d'inquiétude obscurcissant ses profondeurs ardentes.

— Qu'est-ce que tu as ? demandai-je, ne pouvant retenir la dureté de mon ton.

J'étais sur le point de craquer.

— Je n'ai pas eu mon injection de contraceptif. Je pourrais…

Elle s'interrompit.

J'empoignai ses cheveux, tournai son visage vers moi tandis que mon autre main relâchait mon membre pour agripper sa hanche.

— Il n'y a pas d'autres options. Tu es ma fiancée.

Le désir s'estompa dans son regard d'ambre.

— Tu ne pourras pas changer d'avis une fois que ce sera arrivé.

Elle avait peut-être murmuré ces mots, mais elle ne pouvait dissimuler la douleur venue du passé qui les accompagnait. J'aurais voulu pouvoir la lui retirer, mais je n'avais pas eu le choix à l'époque. Peut-être que si nous survivions à ça, elle comprendrait pourquoi nos vies avaient dû prendre cette tournure.

— Tu es à moi. Tu l'as toujours été. Quoi qu'il se passe, c'était censé arriver.

Sur ces derniers mots, je poussai vers le haut tout en l'abaissant sur moi.

Elle cria sous le coup de l'invasion, et je gémis de bonheur.

Bon sang, c'était incroyable. Elle était tellement étroite. Son sexe lisse se resserra autour de moi comme un poing.

Pendant cinq foutues années, je l'avais attendue.

Je résistai à l'envie de la retourner sur le dos et de la prendre comme un cinglé. Par le passé, nous avions toujours utilisé une protection. Nous ne voulions pas prendre le moindre risque tant que nous étions à l'université. Être nus comme ça, c'était le paradis sur terre.

Au bout de quelques secondes, je la sentis se relâcher, elle s'habituait à ma taille.

Elle poussa un léger gémissement, qui me fit penser à notre première fois ensemble.

Les images de cette nuit si lointaine défilèrent dans ma tête. Avant notre fugue, avant le travail à la CIA, ou le stage d'Ana. Ce fut l'été après ma dernière année et sa deuxième année à l'Université du Nevada-Las Vegas. Nous nous voyions en secret depuis près d'un an, sachant que nos familles flipperaient si elles le découvraient.

En dehors du fait que nous étions très jeunes et dans une relation vraiment sérieuse, les frères d'Ana venaient d'apprendre que celle-ci était leur demi-sœur, et Penny et moi devions gérer la folie qui avait suivi l'arrestation de ma mère, qui avait commis trop de crimes pour pouvoir y penser. Ana et moi avions trouvé du réconfort dans les bras l'un de l'autre, chose que je chérissais encore aujourd'hui.

Son sexe se détendit, et elle se balança d'un côté à l'autre, me faisant serrer les dents.

— Oh.

Elle se leva et s'abaissa avec de petits mouvements, m'aspirant de plus en plus loin.

Elle allait me tuer. Il fallait que je garde le contrôle.

— Mets tes bras à la base de ton dos, et chevauche-moi.

Elle entrouvrit les lèvres comme pour protester, mais finit par s'exécuter. J'agrippai son cou alors qu'elle se soulevait et glissait sur ma verge. Ses mouvements étaient lents et contrôlés. Jusqu'à ce que mon pouce effleure son clitoris.

Elle se cambra au premier contact et cria :

— C'est trop ! Je ne peux pas !

— Je te dirai quand ce sera trop.

Son visage reflétait un mélange d'angoisse et de plaisir quand elle se souleva encore. Ce n'était pas quelque chose qu'elle n'avait pas vécu avec moi auparavant. Même si c'était nettement plus doux que la réputation que j'avais auprès de Trevolo. Bientôt, il me faudrait l'utiliser, la sauter, la partager, tout ça dans l'espoir de quitter cette île avec elle.

Elle n'était pas prête pour le monde auquel elle appartenait maintenant.

— Est-ce que je me fais bien comprendre ?

Elle hocha la tête.

— Oui.

— Bien. Maintenant, je veux m'envoyer en l'air.

Elle montait sur moi, m'hypnotisant avec le balancement de ses seins et la manière légère dont ses lèvres s'écartaient alors que je la remplissais à chaque fois qu'elle descendait.

Son intimité se mit à palpiter, et je fus inondé de son désir. Je continuai de taquiner son clitoris douloureux avec de légers effleurements, tournant, titillant.

— Oh mon Dieu… Oh, mon Dieu… Oh, mon Dieu !

Elle rejeta la tête en arrière, se mordant la lèvre inférieure, fermant les yeux.

Je la maintins contre moi, frottant la base de mon membre contre sa peau sensible, et lui claquai les fesses.

La chaleur de ce contact et le gémissement d'Ana accentuèrent la dureté de ma verge.

— Tu as dit que tu ne me ferais pas de mal, lança-t-elle entre ses dents serrées.

— Il y a une différence et tu le sais. Le spasme que je viens de ressentir me dit que tu ne serais pas contre une fessée.

Je savais pertinemment qu'elle adorait ça. Il y avait eu des fois où elle m'avait supplié pour ça.

La colère jaillit au fond de son regard doré.

— Pas de fessées. Je ne suis pas une enfant.

— Tu n'as pas le droit de me dire non. Ta vie, ton plaisir, ta douleur sont à moi. Je ne me répéterai plus.

Je saisis sa gorge comme je l'avais fait dans sa cellule la tirant en avant.

Elle comprit et expira difficilement. Nous étions sur le fil du rasoir entre le désir que nous partagions et le fait de jouer pour les caméras.

Je la soulevai, me glissant presque entièrement hors

d'elle, avant de la laisser retomber. J'empoignai ses avant-bras, serrant ses poignets contre ses magnifiques fesses rebondies.

— Maintenant, chevauche-moi. Montre-moi que tu m'appartiens. Et ne songe même pas à jouir sans que je t'en donne la permission.

Pendant les minutes suivantes, elle fit rouler ses hanches en montant et en descendant. Ses yeux avaient pris les miens en otage, elle m'hypnotisait. Sa respiration était haletante, et de la sueur perlait sur son visage, son cou, sa poitrine.

Je refusais de la laisser jouir jusqu'à ce qu'elle me supplie. Cela devait se passer de cette façon, pour son bien et le mien. Même si personne ne nous avait regardés, j'aurais agi ainsi. Elle avait toujours eu envie de me céder le contrôle, et je lui accordais cette faveur sans peine.

Je sifflai alors que son intimité se contractait autour de moi, défiant mes capacités à résister aux exigences de son corps.

Elle se mordit la lèvre une seconde avant qu'un sanglot de désir ne lui échappe.

— S'il te plaît. Je t'en prie. S'il te plaît. J'ai besoin de jouir.

Je ne pus cacher mon sourire satisfait.

Je relâchai ma prise sur ses bras, plaçai ses mains autour de mon cou, puis lui écartai les cuisses, poussant vers le haut tout en me frottant contre son clitoris.

Elle explosa, s'agrippant à moi, et elle perdit l'équilibre. Son corps trempé de sueur se plaqua contre le mien, et ses mamelons durs comme des cailloux frottèrent ma poitrine à chaque coup de reins.

Je la pénétrais, gardant le rythme pour prolonger son orgasme.

— Qui suis-je ?

— Je… commença-t-elle avant de dire : mon maître.

— Qui te possède ?

— Toi.

Elle me mordit l'épaule et je perdis tout contrôle.

Je la retournai sur le dos, lui écartai les jambes et m'enfonçai profondément. Je la pilonnai dur et fort. Elle gémit et supplia, s'agrippant à mon dos, cherchant une nouvelle extase.

J'attrapai ses poignets que je retins au-dessus de sa tête.

— S'il te plaît, gémit-elle. Je t'en prie.

— Dis « S'il te plaît, Maître, laisse-moi jouir ».

J'aurais préféré qu'elle dise mon nom, mais cette scène était poussée.

— S… s'il te plaît, Maître, laisse-moi jouir.

Je glissai les doigts entre nous et fis rouler son clitoris enflé. Je continuai de la prendre tout en travaillant son paquet de nerfs douloureux. Quand je compris qu'elle ne pourrait plus contrôler son orgasme, je fis rouler mes hanches sachant que cela la ferait basculer.

— Jouis maintenant.

Elle hoqueta puis cria, m'agrippant en spasmes rythmés. Elle fut secouée de violents spasmes et se cambra, perdue dans son orgasme. Quelques secondes plus tard, je la suivis, jouissant bien plus fort qu'au cours des cinq dernières années.

CHAPITRE

Six

Anaya

— C'est l'heure de se réveiller, entendis-je Ele dire en ouvrant les rideaux.

Je grimaçai quand la lumière du soleil balaya mon visage, et j'enfouis la tête sous les couvertures. Mon corps souffrait du marathon sexuel que j'avais vécu avec Adrian. Comment avais-je pu oublier que cet homme était une véritable machine, qu'il pouvait tenir presque toute la nuit et que, plus il jouissait, plus il durait ensuite. Je venais à peine de m'endormir la dernière fois quand il avait soulevé ma jambe et m'avait pénétrée par-derrière, me sautant jusqu'à ce que j'ai au moins deux orgasmes.

Je me tournai sur le côté, et gémis. Une chose était sûre, Adrian avait une endurance de dingue et ça n'avait pas faibli avec l'âge.

Il s'était montré dur et exigeant, et, parfois, il m'avait

tant poussée que je l'avais supplié de me laisser dormir. Ce n'était pas Adrian, l'amant qui ne me poussait jamais au-delà de mes limites, mais Julian, un homme qui ne s'arrêtait pas avant d'être satisfait.

Il me l'avait rappelé lorsqu'il s'était glissé hors du lit un peu avant l'aube et avait chuchoté contre mon oreille :

— Ana, je ne suis pas Adrian, je suis Julian. Pour la sauvegarde de ta vie et de la mienne, ne l'oublie jamais. Tu es mon esclave réticente.

Tu es mon esclave réticente.

— Vous devez vous lever. J'ai reçu l'ordre de vous amener à la salle à manger pour le petit-déjeuner.

Je sortis de sous la couette et vis Ele qui s'agitait dans la pièce. Elle ouvrit un meuble, sortit des ballerines que je savais être à ma taille, puis entra dans la salle de bains, pour en ressortir avec une robe vert pâle qui tombait au sol, qu'elle déposa sur le lit. Je remarquai qu'elle ne me donnait pas de sous-vêtements.

— C'est une bonne chose que vous puissiez bouger. Ne soyez pas en retard, et ne vous causez pas d'ennuis.

Me glissant hors du lit, j'allai me brosser les dents, mais m'interrompis quand je remarquai l'agitation d'Ele.

— Quelque chose ne va pas ?

Elle cessa d'arranger mes vêtements sur le lit.

— Tout va bien.

C'est alors que je remarquai l'ecchymose qui se formait sur le côté de la joue d'Ele.

— Vous pourriez m'aider à mettre la douche en route ? lui demandai-je, tentant de la faire entrer dans la salle de bains. J'aimerais avoir de nouveau ces parfums que vous avez ajoutés hier.

Ele jeta un coup d'œil à l'une des caméras et hocha la tête.

J'allai aux toilettes et me brossai les dents pendant qu'elle préparait la douche.

Avant qu'elle ne referme la porte vitrée, je lui touchai la joue et elle tressaillit.

— Est-ce qu'ils écoutent nos conversations ?

— La chambre est sous surveillance audio et vidéo.

Elle ouvrit un meuble et en sortit une boule ronde qui sentait la lavande.

Elle rouvrit la porte vitrée, fit tomber la boule près de la vidange et se tourna vers moi.

— Le seul endroit où nous pouvons discuter dans la maison, ce sont les salles de bains… enfin pour la plupart.

Je supposai que celle-ci était sûre, vu qu'elle parlait librement.

Elle poursuivit :

— Cependant, M. Bonaparte a désactivé le son de toute la suite à la seconde où il est entré dans la pièce. Le Maître s'en est rendu compte quand il a décidé d'observer votre nuit de noces.

J'étais si heureuse qu'Adrian m'ait dit qu'il avait coupé le son. C'était déjà assez compliqué de voir les autres scruter mes moments les plus intimes, sans avoir l'inquiétude supplémentaire qu'ils n'entendent tout.

— Cela a-t-il causé des problèmes ?

— Non. M. Bonaparte est trop précieux pour qu'on l'inquiète. De plus, il est bien établi qu'il a les compétences techniques pour couper toute la technologie de l'île avec quelques commandes informatiques.

— C'est un pirate informatique ? Il me semblait que vous aviez dit qu'il était à la tête des affaires familiales.

— M. Bonaparte a de nombreuses compétences. Ils disent que c'est une sorte de génie, et que c'est la raison pour laquelle il a pris le contrôle des entreprises de sa famille si jeune.

Le génie d'Adrian était d'un niveau sans égal. Il avait fait ses premiers piratages quand il était encore adolescent, pour éviter de passer du temps avec sa mère folle et maniaque du contrôle. Je plaisantais en disant que c'était la faute de sa sœur, Penny, qui l'avait inscrit à des cours de programmation. Mais d'un autre côté, Penny était elle aussi un prodige à part entière ; ce devait être un trait de famille.

Ele se dirigea vers l'un des placards pour en sortir des serviettes.

— J'ai vu la vidéo. Il s'est montré patient avec vous, et doux par moments.

— C'est inattendu ?

— M. Bonaparte n'aime pas se répéter. Son tempérament est bien connu.

— Qu'est-ce que ça veut dire ? Il bat les femmes ?

— Non. La discipline est seulement quelque chose dont il fait usage à l'occasion, et les femmes qu'il prend préfèrent ses méthodes aux autres. M. Bonaparte est doué.

Une pointe de jalousie m'envahit.

— Il n'a pas été tendre avec moi.

Mon corps était encore douloureux du fait qu'il n'avait *pas été doux.*

— Comparé aux autres hommes de l'île, il l'a été. Considérez-vous comme chanceuse. Mais ne vous attendez pas à ce que ça dure.

— Pourquoi ?

— Maître Trevolo pense que M. Bonaparte vous séduisait pour vous conditionner à votre nouvelle vie. N'oubliez jamais qu'ils scruteront le moindre de vos faits et gestes à la seconde où vous sortirez de cette suite, ajouta-t-elle après m'avoir étudiée. Vous avez réussi à faire en sorte que l'homme le plus dangereux de l'île soit doux avec vous.

— *Dangereux* ? Comment ça ?

— Je ne peux pas entrer dans les détails, mais sachez que les rumeurs concernant M. Bonaparte sont fondées. Personne ne peut le mettre en colère sans en subir les conséquences.

— Je suis certaine qu'il a beaucoup d'ennemis.

— Ce monde est plein de rivalités, mais chacun a un rôle à jouer. Les ennemis font des affaires ensemble, parce qu'ils en tirent un bénéfice mutuel.

— Et, ici ?

— Les mêmes règles s'appliquent. M. Bonaparte partage volontiers ses femmes avec ses plus grands rivaux. L'un d'entre eux étant M. Sebastian Weber.

J'agrippai le dossier de la chaise la plus proche.

— Quoi ?

— M. Bonaparte a des préférences : des femmes soumises, qui se plient à la domination. Il aime… Je crois que le mot anglais est… « *kink* », dit-elle après un temps d'arrêt.

L'idée de tout ce qu'il avait dû faire avec d'autres me

rendait malade. Je savais tout de ses préférences. Bon sang, nous les avions explorées ensemble !

Combien de femmes Adrian s'était-il envoyées ici ?

Calme-toi, Ana. C'est un agent, profondément infiltré. Tu connais les règles. Il faut devenir le diable soi-même pour faire tomber l'empire des autres démons.

Si seulement la logique pouvait l'emporter sur la colère qui me broyait le cœur !

— Assiste-t-il souvent à des ventes aux enchères ?

— À l'occasion. En général, il obtient les filles les plus prisées. Même si, jusqu'alors, il n'avait jamais pris de fiancée.

— Qu'est-ce qu'une « fiancée » exactement ?

— Cela signifie que vous avez été achetée sans qu'une véritable vente aux enchères n'ait lieu, ou sans que quiconque n'ait eu la possibilité de faire une contre-offre.

— Cela signifie-t-il qu'il va m'emmener avec lui, ou que je dois rester ici ?

Cette pensée me hantait. Je n'étais pas vraiment une esclave de harem, mais d'un autre côté, rien dans cette histoire ne se déroulait comme prévu.

— Il vous emmènera, mais personne ne doit le savoir, et il faudra attendre que les autres invités aient quitté l'île.

— Où va-t-il m'emmener ?

— Je ne suis sûre de rien, mais je suppose que ce sera dans sa propriété de Chypre. On dit qu'il a un harem à lui là-bas.

La CIA s'était vraiment appliquée dans la couverture qu'elle avait inventée à Adrian. Non seulement il était un trafiquant d'armes colérique, mais en plus, c'était un playboy.

Dans quelle mesure ses actions sur l'île jouaient-elles sur son image ?

Je devais être en train de froncer les sourcils, car Ele s'avança vers moi, posant la main sur mon épaule.

— Vous êtes sa fiancée. Cela vous confère un statut. Il vous a payée bien trop cher pour laisser quiconque vous maltraiter.

Je savais qu'elle essayait de me consoler, mais elle ne se doutait pas que mon esprit bouillonnait à cause de cette histoire de harem.

— Et, encore une chose. N'oubliez jamais ce que je vous ai dit hier soir. Personne ne doit connaître la vérité sur la manière dont vous êtes arrivée.

Je hochai la tête.

— Prenez votre douche, sinon nous aurons toutes deux des ennuis. Je n'ai pas le droit de rester avec vous plus long-temps que nécessaire. Hier, c'était une exception pour vous mettre à l'aise. Vous avez dix minutes pour vous doucher et me retrouver devant votre porte.

Sur ces mots, elle s'en alla.

Je n'arrivais pas à bouger. Des images tournaient en boucle dans ma tête, Adrian avec d'innombrables femmes, faisant avec elles des choses qu'il avait faites avec moi, leur procurant le genre de plaisir qu'il m'avait apporté. Pendant cinq ans, je n'avais été et n'avais désiré personne d'autre. Oui, c'était ma faute. Notre rupture m'avait dévastée à un point tel que je m'étais jetée à corps perdu dans le travail.

En outre, l'idée d'une liaison fortuite, juste pour soulager une frustration sexuelle, ne me séduisait pas.

Bon sang, je n'avais aucun droit de juger ce qu'il avait dû faire dans le cadre de sa mission. J'avais prévu de faire la même chose !

Je ne pouvais pas nier la vérité concernant mes sentiments. Je n'avais jamais été du genre à me mentir à moi-même. C'était très douloureux parce que je l'aimais toujours. Je l'aimerais sûrement même encore une fois que nos chemins se seraient séparés, après avoir quitté cette île. Il retournerait à son travail de coureur de jupons pour la CIA, et je repartirais à Vegas.

Ce dernier mois de quasi-isolement m'avait appris que j'avais besoin du contact des gens. De mes proches. De ma famille. Je m'étais enfuie à cause d'Adrian. Ce n'était juste ni pour Henna ni pour mes frères.

Je me débarrassai de mes vêtements, me douchai et m'habillai rapidement. Je ne pris pas la peine de me sécher les cheveux, car j'avais perdu trop de temps dans mes pensées. À la place, je les attachai en chignon sur ma nuque.

Quand j'ouvris la porte de ma suite, je me retrouvai face à deux hommes, que je supposais être des gardes, et face à Ele.

— Votre maître vous attend.

Adrian

Accoudé à la terrasse située à l'extérieur de la salle à manger formelle de la propriété, je regardais les vagues et les oiseaux qui plongeaient pour se nourrir. L'air était doux, rendu épais par la chaleur et l'humidité. Rien de tel que l'air sec du désert de Vegas. J'aurais donné n'importe quoi pour être de nouveau à la maison, pour passer du temps avec Penny et mes super neveux. Ils ignoraient tout du type de travail que j'avais accompli au cours des cinq dernières années, et j'espérais qu'ils ne le découvriraient jamais. Bon sang, même les frères Lykaios, y compris Hagen, mon beau-frère et mari de Penny, ne savaient pas à quel point j'étais impliqué dans mon boulot pour la CIA.

J'étais devenu un truand, bien pire que tout ce que l'ancien patron de Hagen aurait pu imaginer. Certes, 90 % de ce qu'on me reprochait étaient des conneries et j'avais monté de toutes pièces mes comptes stratégiquement implantés un peu partout. Mais le reste était vrai. J'avais orchestré des ventes d'armes et de drogue, récoltant les faveurs de certains des enfoirés les plus notoires et dangereux du monde. Et j'avais acheté des femmes, je les avais sautées, et j'avais négocié des accords avec d'autres acheteurs, juste pour me rapprocher de l'objectif de la mission.

Trouver les trafiquants et les faire tomber.

Cette affaire était bien plus profonde que le mafieux ou le baron de la drogue typique. C'était la couche supérieure du monde.

Ana allait apprendre que j'assistais régulièrement à ces « semaines de plaisir ». J'espérais vraiment qu'elle comprendrait. Après tout, si le plan s'était déroulé comme prévu, elle aurait fait la même chose.

Je serrai les dents. Ce n'était peut-être pas le meilleur exemple. Rien que d'imaginer un de mes collègues à ma place me donnait envie de poignarder quelqu'un.

Nous avons été les premiers l'un pour l'autre, et pour Dieu savait quelle raison, j'avais été le seul pour elle.

Je ne savais pas comment j'allais pouvoir la traiter comme toutes celles que j'avais achetées, alors qu'elle était si chère à mes yeux. Toutefois, l'idée de l'attacher, de la flageller et de la sauter était un fantasme auquel je m'étais adonné maintes et maintes fois au fil des ans.

J'avais su qu'elle deviendrait ma femme à l'instant où elle avait débarqué de son vol en provenance d'Arizona pour commencer sa première année à l'UNLV. J'avais ressenti quelque chose de presque électrique quand nos regards s'étaient croisés. Nous avions eu des échanges au fil des ans à cause de sa relation avec Penny, avec un peu de flirt inoffensif, mais ce jour fatidique, j'avais su qu'Anaya Serina Anthony serait à moi. Il m'avait fallu six mois de plus avant de la convaincre de sortir avec moi. Elle s'était toujours montrée si prudente, ne laissant jamais personne s'approcher en dehors de sa sœur, Henna, Penny et Collin Lykaios.

Je comprenais ses réticences. Après tout, elle était la fille d'un escroc notoire, Victor Anthony. Mais plus tard, j'avais appris qu'elle était le fruit d'une liaison entre Victor et Rhea Lykaios, épouse de Collin et mère des frères Lykaios. Ses frères n'avaient appris la vérité que quelques années plus tard.

Jusqu'à ce jour, aux yeux du monde, elle était la fille de Victor et de sa femme, Lena.

— Alors, c'est vrai, ce que j'ai entendu ? Julian Bonaparte serait-il soumis à la chatte d'Aphrodite ? demanda Mica Chance qui arriva avec une tasse de café à la main.

Gardant les yeux rivés sur le paysage, je lui répondis :

— Son nom est Anastasia Ashton, et le reste ne vous regarde pas.

Il rit.

— Ça ne vous va pas d'être possessif. Vous ne voudriez pas qu'on pense qu'un Bonaparte soit affaibli par son affection pour une femme.

Avant que cet enfoiré ait pu faire une autre remarque, je me retournai et, en deux mouvements, renversai Mica au sol et écrasai le talon de ma chaussure contre ses voies respiratoires.

— Considérez-vous ceci comme de la faiblesse ? Ce n'est

pas parce que je n'ai ni couteau ni arme sous la main que je ne peux pas vous descendre en quelques secondes.

J'augmentai la pression, et Mica s'étouffa avec sa salive.

— Ce que je fais ou ne fais pas avec mes biens ne vous concerne pas. Tout ce que vous devez savoir, c'est que, si la moindre rumeur me parvient, relayant le sentiment que vous avez exprimé, je m'occuperai de chaque homme sur cette île. Les ragots et les commérages sont une véritable maladie, et la seule manière de s'en débarrasser est de la déraciner, morceau par morceau.

Je lui jetai un regard noir, puis observai la foule qui s'était rassemblée.

— Est-ce que je me fais bien comprendre ?

— Ou-ou-oui.

Mica s'agrippait à ma chaussure, ce fut lui qui répondit, mais l'avertissement valait pour tous ceux qui nous regardaient.

Quand je le relâchai, je passai par-dessus son corps à la respiration sifflante.

Trevolo se plaça devant moi.

— Je m'excuse pour le comportement de M. Chance. Cela ne se reproduira plus.

— Faites en sorte que ça n'arrive pas, en effet.

Je le contournai, décidant qu'il était temps pour moi de retrouver ma fiancée.

Alors que je franchissais la porte, j'entendis Trevolo lancer :

— Espèce de sombre crétin. Bonaparte vous achèvera sans y réfléchir à deux fois. Vous avez tous entendu son avertissement. Ne vous avisez pas de lui chercher des ennuis. Et n'imaginez pas une seule seconde que vous êtes assez forts pour l'affronter. Il viendra vous chercher quand vous vous y attendrez le moins.

Satisfait de la réaction de Trevolo, j'entrai dans l'atrium. Ma colère était à son comble et elle ne se calmerait pas tant que je n'aurais pas vu Ana. Je pris la direction du couloir menant à la suite nuptiale. Au moment où je passai le coin, je fus intercepté par la maîtresse de maison, Ele.

Elle avait perdu du poids depuis la dernière fois que j'étais venu sur l'île. Je l'avais mise sur la liste d'extraction de Sebastian un an plus tôt, mais ce serait plus que compliqué de la faire sortir. Elle était l'animal de compagnie personnel de Trevolo. Personne ne la touchait à moins qu'il ne les invite à le rejoindre. Le fait que ce soit sa belle-sœur, d'à peine vingt et un ans, me donnait envie de lui coller une balle dans la tête, ainsi qu'à sa garce de femme.

— Monsieur Bonaparte, votre fiancée vous attend dans la bibliothèque. Comme vous n'étiez pas dans la salle à manger, j'ai pensé qu'il valait mieux la séparer des autres invités, pour sa sécurité et la leur.

Ele était intelligente, bien plus qu'on le pensait. Elle avait fait ce qu'il fallait pour survivre, et tenait un journal de tous les invités qui avaient visité l'île sur une tablette qu'elle avait dissimulée dans la salle de bains de ses quartiers privés. Je ne l'avais découverte qu'en scannant l'île, à la recherche d'appareils électroniques non autorisés. Quand je l'avais confrontée à ce sujet, c'était en tant que Julian Bonaparte. Nous avions convenu qu'elle continuerait de tenir le compte pour moi en échange de la protection de sa jeune sœur qui était toujours à Malte.

— Merci, Elenora.

Elle savait que la plupart des hommes présents ici me haïssaient, et qu'ils feraient tout pour attirer mon esclave.

Cela n'avait pas fonctionné auparavant et cela ne fonctionnerait certainement pas avec Ana.

De plus, la dernière chose que je voulais avoir à faire, c'était de punir Ana pour avoir brisé le nez d'un type qui aurait voulu s'accorder des libertés avec elle.

— Une nouvelle liste est prête, murmura-t-elle en me croisant.

Voilà qui compliquait les choses.

Une nouvelle liste impliquait de nouveaux acheteurs, et d'autres enchères.

Merde. Je me passai une main dans les cheveux. Il allait falloir que je le signale.

Je me rendis à la bibliothèque, où Ana passait les livres en revue. Son doigt, d'une délicatesse trompeuse, effleurait le dos de plusieurs livres à la couverture rigide. Je sentais encore la manière dont elle avait promené ses mains sur mon sexe, le pompant jusqu'à me rendre fou de désir.

Ses cheveux blonds mouillés étaient attachés en chignon, les rendant plus foncés et plus proches de sa couleur naturelle. Alors qu'elle se mouvait, je remarquai à quel point sa robe était transparente. Je voyais la silhouette de ses seins parfaits et l'ombre de ses mamelons sombres.

Immédiatement, mon membre se réveilla, tout comme mon irritation à l'idée que les autres pourraient voir ce qui m'appartenait.

Comme si elle avait senti mon regard sur elle, elle se tourna vers la porte.

Le feu jaillit dans son regard d'ambre.

— Quelque chose ne va pas, fiancée ?

Elle m'ignora, reportant son attention sur les livres. Elle serra les poings et ferma les yeux, prenant des respirations apaisantes.

Qu'est-ce que j'avais fait ? Quand je l'avais quittée plus tôt dans la matinée, elle se remettait d'un orgasme.

J'avançai dans sa direction, activant dans ma poche l'appareil qui désactiverait les flux audio et vidéo de la pièce. Je laissai la porte ouverte, juste au cas où quelqu'un passerait par là. Je m'attendais à ce que l'on vienne nous trouver, et ce serait suspect si je fermais.

M'arrêtant à côté d'elle, je lui demandai :

— Ana, tu veux me dire ce qui te contrarie ?

Elle sortit un livre qu'elle ouvrit. Je le lui arrachai des mains et le posai sur la table à côté de nous.

Elle me regarda d'un air renfrogné.

— Tu es en colère. Tu veux me dire ce qui a changé entre le moment où je me suis glissé hors de notre lit et maintenant ?

Au lieu de répondre, elle leva le bras et me frappa au visage.

Anaya

— Mais merde ! C'était quoi, ça ?

Le visage d'Adrian était rouge de surprise et de colère.

Il recula avant que je ne puisse lui asséner un second coup, posa sa main géante sur la mienne et me tordit douloureusement le poignet. Il me fit tourner de sorte que je me retrouve le dos contre lui.

— Tu n'es pas la seule à être entraînée au combat, petite colombe.

Son membre était dur, plaqué contre mes fesses. Je haletai quand un frisson envahit mon ventre et raviva ma colère d'avoir envie de lui à ce point. Cela avait toujours été ainsi. Un seul contact de sa part, et j'étais mouillée. Sans son énorme sexe, j'aurais renoncé aux préliminaires juste pour qu'il me pénètre d'un seul coup.

Bon sang, mais à quoi pensais-je ? J'avais perdu la tête.

— Tu es un malade, tu prends plaisir à me malmener.

— Je pourrais dire la même chose de toi. Je parie que si je glissais mes doigts entre tes jambes, ils en ressortiraient trempés de désir. Comme chaque fois que je t'ai prise la nuit dernière.

Je tentai de maîtriser mon souffle dans l'espoir de contenir ma colère et mes hormones.

— Tu as perdu ta langue ?

Avant qu'il ne fasse une autre remarque, je laissai mon corps se relâcher, échappant presque à son emprise. Mais il parvint à me prendre par les cheveux une seconde avant que je ne touche le sol et que je roule loin de lui.

Je criai quand la douleur se propagea dans mon cuir chevelu, et je lui griffai le bras.

— Merde, Ana ! Je ne veux pas te faire de mal, murmura Adrian pour que je sois la seule à l'entendre. Qu'est-ce qui te prend, bon sang ?

Je voulus me dégager d'un coup de pied, mais il bougea si vite que je tapai dans le vide.

— Soumets-toi.

— Non.

Je balançai de nouveau la jambe, frôlant son tibia, cette fois. Mais cet enfoiré ne broncha ni ne bougea.

Sa poigne s'intensifia, me faisant monter les larmes aux yeux.

— Si tu ne cèdes pas, je te prendrai sous les yeux de tous ceux qui passent par là. Je me suis montré patient avec toi hier soir, mais ça ne se voit pas aujourd'hui.

Je compris son avertissement au sujet de la porte et du fait qu'il était Julian à cet instant.

C'était le but. J'avais besoin qu'il soit Julian. Oui, j'étais énervée au sujet des femmes, et c'était le meilleur moyen pour moi de canaliser mon humeur.

— Va… te faire voir.

— C'est l'idée.

Adrian déplaça sa prise sur ma nuque, sans paraître affecté par mes ongles qui grattaient sa peau. Il me força à avancer jusqu'à ce que je sois penchée sur une grande table avec vue sur l'océan, et il plaqua ma joue contre le bois poli et frais.

— Maintenant, dis-moi ce qui t'a pris, bordel.

— Je suis au courant de ton harem.

Ma voix était pleine de colère, emplie de rage.

— Ah, quelqu'un t'en a parlé. Jalouse, ma petite colombe ?

— Du fait que tu es un gigolo ? Non ! lançai-je d'un ton sec. Ce qui m'inquiète le plus, c'est de savoir si tu es *clean* ou non.

Merde, je n'aurais pas dû dire ça. C'était Anaya qui parlait, pas Anastasia.

Il se pencha sur moi en relevant ma robe, exposant mes fesses nues, puis écarta mes jambes avec son pied.

— J'ai déjà eu ton intimité étroite et complètement nue autour de moi. Plusieurs fois, en fait. Tu vas devoir me faire confiance.

Le bruit d'une fermeture éclair qu'on abaissait fit s'emballer mon cœur et me fit frissonner.

Foutu corps de traître.

Le bout épais et arrondi d'Adrian glissa entre les lèvres de mon sexe.

Oh, mon Dieu, il allait vraiment me prendre ici, dans la bibliothèque, où n'importe qui pouvait entrer ?

N'était-ce pas la raison pour laquelle tu l'as frappé ? Pour rendre crédible l'histoire de l'esclave réticente ?

Il frôla le bord de mon sexe et se retira.

— Tu t'es mal comportée. Cela signifie que tu seras punie.

Je fermai les yeux, essayant de résister à l'envie de me reculer et de m'empaler sur son membre épais et dur.

— Je peux encaisser tout ce que tu me donneras.

— Vraiment ?

Adrian fit glisser sa verge jusqu'à mon clitoris, faisant le tour du faisceau sensible de nerfs. Il tourna, encore et encore.

— Agrippe le bord de la table.

Sans réfléchir, je suivis ses instructions.

Clac !

— Aïe ! gémis-je en relâchant ma prise sur la table. Ça fait mal !

Je refusai de me concentrer sur les spasmes qui envahissaient mon ventre.

— C'est fait pour.

Clac ! Clac ! Clac !

Je sursautai à chaque coup, griffant la main qui maintenait mon cou contre la table et résistant à l'envie de gémir alors que la brûlure sur mes fesses se transformait en une douleur intense.

— Je te déteste !

— Déteste-moi autant que tu veux. Tu vas te soumettre.

— Non, je ne le ferai pas, marmonnai-je à travers mes dents serrées.

— Alors, tu en subiras les conséquences.

Clac, clac, clac.

Et merde. Ça faisait mal. J'avais les fesses en feu, et mon foutu corps était plus qu'excité.

Tu n'es pas censée montrer que tu aimes ça, Anaya.

— La prochaine fois que tu songeras seulement à me frapper, je te donnerai une fessée, complètement nue devant tout le monde dans le salon, puis tu me suceras.

— Non.

— Tu n'as pas le droit de me dire non. Tu m'appartiens, Ana. Ton plaisir et ta douleur sont à moi. Je vous ferai comprendre, à toi et à tout le monde, que tu n'appartiens qu'à moi.

— Je n'appartiens à aucun homme.

Je m'attendais à ce que sa main frappe de nouveau, mais au lieu de cela, il me pénétra. Son sexe massif et raide s'enfonça dans mes chairs douloureuses et gonflées, frôlant mon derrière sensible et meurtri.

— Oh, mon Dieu !

La sensation de son corps mêlée à l'adrénaline de notre combat était un mélange enivrant de plaisir et de douleur.

Il se retira et replongea tout en me bloquant sur la table par le cou.

Il me prenait brutalement, sans ralentir le rythme.

Mon corps répondait à chaque glissement de son membre. Il frottait délibérément contre le faisceau de nerfs enflammés au plus profond de mon ventre. Il savait exactement comment me faire jouir. Il entrait et sortait de moi, et juste au moment où j'allais basculer, il cessa de bouger, jouissant par saccades en moi.

— Oh, merde, merde, merde !

Il expulsa le reste de son orgasme et se laissa retomber de tout son poids contre mon derrière douloureux.

Je haletai, sur le point de pleurer. Mes muscles continuaient de frémir autour de son sexe ramolli, dans l'attente désespérée d'un orgasme qui ne viendrait pas.

— Espèce de salaud.

— C'est possible, mais c'est toi qui n'auras pas le droit de jouir avant de l'avoir mérité.

Il relâcha mon cou, se libérant de mon corps avant de rabaisser ma robe.

Sa semence coulait à l'intérieur de mes cuisses, et je tournai la tête pour lui jeter un regard noir, mais je m'arrêtai.

Dans l'embrasure de la porte se tenaient Trevolo et quelques-uns des hommes qui étaient entrés dans ma cellule. La luxure embuait leurs yeux alors que mes joues s'échauffaient. Ils avaient regardé Adrian me sauter.

Je reportai mon attention sur lui.

— Rajuste-toi. Il est temps de commencer notre journée.

Il me redressa, me plaçant derrière lui en s'avançant vers la porte.

— Vous avez eu votre spectacle. Maintenant, barrez-vous. J'ai un mot à dire à ma fiancée.

Trevolo sourit.

— Je vois ce que vous êtes en train de faire. C'est malin de l'initier lentement. Seul un idiot endommagerait un jouet à 20 millions de dollars dès la première fois.

Je serrai les dents. J'avais envie de foncer vers ce connard arrogant et de lui casser les dents.

— J'ai hâte de voir les leçons que vous allez enseigner à la petite furie.

Trevolo et le reste des hommes qui l'accompagnaient repartirent dans le couloir, nous laissant seuls, Adrian et moi.

Il referma la porte qu'il verrouilla. Il reposa le front contre le bois.

Il était silencieux, mais je ressentais une énergie instable qui émanait de lui.

— Maître ?

Je restai à ma place, près de la table où il m'avait prise.

— Silence. Ne dis pas un mot de plus.

J'eus envie de protester, mais je fis ce qu'il dit.

Au bout de ce qui me sembla des heures, il se tourna vers moi.

— Je vais devoir te faire des choses, et tu me détesteras pour ça. Ce qui vient de se passer, ce n'est rien. Tu es forte, Ana, mais tu n'as jamais été confrontée à ça.

Pourquoi parlait-il si librement ? Ne s'inquiétait-il pas des caméras ?

Il dut voir mon air choqué, car il dit :

— Je laisse rarement quelqu'un enregistrer quoi que ce soit sur moi. Tout le monde l'accepte comme faisant partie de ma personnalité… Enfin, de celle de Julian. Trevolo sait que j'ai les moyens de pirater sa sécurité et que je n'hésiterais pas une seconde à le faire.

— Mais, la nuit dernière ?

— Je l'ai autorisé, comme une manière de montrer du respect à Trevolo pour m'avoir fourni une fiancée. La dernière chose que je désire, c'est qu'un autre homme puisse voir des parties de toi, ou laisser quelqu'un te toucher. Mais nous n'avons pas le choix si je veux te faire sortir d'ici. Je ne peux pas te perdre à nouveau.

Adrian fronça les sourcils et secoua la tête.

— Ça a failli me tuer de partir il y a cinq ans et, pire encore, quand j'ai constaté ta disparition en Italie. Je mettrai le feu à cet endroit avant que quiconque ne te dérobe de nouveau à moi.

Ses mots me frappèrent comme un coup de poing en plein cœur. Il m'aimait toujours, ou presque. J'avais envie de lui demander pourquoi il avait mis un terme à notre relation de cette manière, mais ce n'était ni le lieu ni le moment.

Il vint vers moi, et s'arrêta à quelques centimètres. Je levai la main pour toucher le léger bleu qui se formait sur sa joue, à l'endroit où je l'avais frappé.

— Je suis désolée.

Il me serra le poignet, une pointe d'amusement se dessinant sur ses lèvres, atténuant la sévérité qui s'y trouvait quelques instants plus tôt.

— Non, c'est faux. Tu m'aurais frappé une deuxième fois si je ne m'y étais pas attendu.

Je haussai les épaules. Il ne servait à rien de nier.

— Tu crois vraiment que je ne suis pas *clean* ?

Il y avait une blessure sous-jacente dans ses mots, que je ne pouvais ignorer.

J'avais envie de lui répondre que oui, mais c'était la partie jalouse de moi, qui haïssait toutes les femmes avec qui il avait couché depuis notre rupture. Même après notre mariage, il avait toujours été très sérieux en matière de protection. Je doutais fortement qu'il ait changé sur ce sujet.

— Non. C'était juste difficile d'apprendre que tu avais un harem, parce que je savais que tu avais couché avec des femmes ici. Alors, j'ai canalisé ça dans quelque chose qui nous permettrait de tenir nos rôles.

— Eh bien, c'est une réussite.

— Combien de femmes as-tu achetées ?

— À Trevolo ? demanda-t-il avant de marquer un temps d'arrêt et d'inspirer. Dix. Et encore plus à d'autres.

Je déglutis.

— Tu couches avec toutes ?

— Cela fait partie de la vie de Julian Bonaparte. Il aime les femmes.

Je fronçai les sourcils.

— Je ne peux pas changer ce que j'ai fait. Tu connais le métier aussi bien que moi.

Il avait raison. Beaucoup d'agents devaient assumer leur couverture jusqu'à ce que leur personnalité réelle n'existe plus.

Bon sang, j'avais tellement bien réussi à être Anastasia qu'Anaya n'avait pas fait d'apparition depuis plus de six mois.

Adrian posa ma main sur sa poitrine.

— Je donnerais tout pour que nous soyons à nouveau

Anaya et Adrian, mais nous devons maintenir la couverture. Je vais parfaitement incarner l'enfoiré détraqué que les gens de cette île pensent que je suis.

» Quand je te dirai de faire quelque chose, si tu ne le fais pas assez vite, je te punirai. Quand les autres voudront quelque chose de toi, tu devras toujours t'en remettre à moi. Je suis la loi à laquelle tu devras obéir. Tu es sur le point de découvrir un aspect de moi que tu n'as jamais connu.

— Je connais le contexte de ta couverture, lui dis-je.

— Ana, ces hommes sont de la pire espèce, et je suis le croque-mitaine qu'ils craignent. Il est tout aussi efficace de maintenir l'illusion du pouvoir et de la cruauté que de tuer. Il est possible que je doive recourir à cette dernière solution.

Ses mots me firent frissonner.

Au lieu de me concentrer dessus, je lui demandai :

— Qu'est-ce que tu vas me faire faire ?

Il m'embrassa sur le front.

— Je suis sur le point de te montrer ce qu'est la vie d'une esclave. Si je t'en dis trop, tu ne réagiras pas comme j'ai besoin que tu le fasses. Sache que tout ce que tu verras et vivras au cours des deux prochaines semaines aura pour unique but de nous faire sortir d'ici. Trevolo ne doit pas comprendre qui nous sommes. C'est lui que nous devons craindre. Il est dangereux, et son réseau est très étendu. Je n'ai jamais été si proche de l'intérieur.

Je déglutis avant de souffler longuement.

— Tant que Ian est toujours là quand tout sera terminé, je pourrai le supporter.

— Je prie Dieu que tu en sois capable.

Il m'offrit sa main.

Je glissai ma paume dans la sienne et il la porta aussitôt à ses lèvres, embrassant mes jointures.

Tout aussi vite, il relâcha mes doigts et s'avança vers la porte.

— Il est temps de donner la représentation de nos vies.

CHAPITRE
Neuf

Anaya

Adrian et moi entrâmes dans un grand salon extérieur où un groupe d'hommes était assis dans des chaises longues avec leurs femmes… leurs esclaves agenouillées sur le sol à côté d'eux. L'une des filles semblait terriblement jeune, peut-être quatorze ans tout au plus. J'avais beau ne rien avoir avalé depuis la veille, j'en eus la nausée.

Je savais que cette vie était temporaire, enfin, si je survivais aux deux prochaines semaines. Mais pour elle, c'était une condamnation à vie.

Adrian s'arrêta brusquement, positionnant son corps de façon à ce que je sois derrière lui.

— Trevolo. Je peux vous dire un mot ?

Avec un signe de tête, Trevolo s'approcha.

— Qu'est-ce qui vous perturbe ?

— Ne me suis-je pas clairement fait comprendre quand

j'ai dit que, si je suis présent, personne ne doit même envisager de faire venir une enfant qui ne peut pas donner son consentement ?

— Je pensais que vous feriez une exception pour celle-ci. Elle a seize ans et c'est une esclave personnelle qui accompagne M. Cruise.

Mon œil, qu'elle avait seize ans ! Je posai les yeux sur le couteau posé sur une table voisine, où les invités venaient de prendre le petit-déjeuner.

— Elle est majeure, dit un vieil homme corpulent en caressant les cheveux de la fille.

Le regard de la petite était empli de peur. Comme si contredire son maître allait entraîner une punition sévère.

Quelque chose me disait qu'elle avait été achetée lors de l'une des enchères spéciales de Trevolo. Je n'arrivais pas à croire que Cruise, ou quel que soit son nom, ait pu penser que l'on croirait que la gamine était consentante.

La voir renforça ma résolution de retrouver les ordures impliquées dans ce réseau de trafiquants.

— Reste ici, me dit Adrian en se dirigeant vers le gros monsieur qu'il frappa au visage.

La petite fille cria quand le sang gicla sur son épaule et ses cheveux.

L'homme fit un bruit de gargouillis en se tenant le nez. Adrian le saisit à la gorge, l'empêchant de respirer.

— Tu vas quitter cette île et ne plus jamais y revenir. Si jamais tu ne fais qu'y songer, je te traquerai et je t'exterminerai. À partir de maintenant, tu n'as plus rien à faire avec moi, Trevolo, ou qui que ce soit sur cette île.

Adrian dévisagea tous les spectateurs qui observaient la scène.

— Si j'apprends que l'un d'entre vous a des relations financières avec cette ordure, je m'occuperai personnellement de démanteler chacun de vos empires, lança-t-il avant de reporter son attention sur la victime. Tu vas quitter cette île dans les quinze prochaines minutes. Reviens, et je finirai ce que j'ai commencé.

— C'est mon esclave, siffla-t-il, en sang.

Au lieu de répondre, Adrian continua de serrer jusqu'à ce que l'homme ne s'évanouisse, puis il le balança au sol.

Il me fallut une seconde pour comprendre ce qui venait juste de se passer. Adrian venait tout de faire ce qui était nécessaire pour accomplir l'exécution que j'envisageais.

Oh bordel.

— Aucune exception, jamais, affirma Adrian en se tournant vers Trevolo. Est-ce que c'est clair ? Sinon j'emporte mon argent et mes compétences ailleurs.

Trevolo contracta la mâchoire, le regard empreint de colère.

Ce fut à cet instant que je me souvins qu'Ele avait dit que les ennemis travaillaient ensemble dans la perspective de bénéfices mutuels. Trevolo détestait vraiment Adrian… non, *Julian Bonaparte*, mais il avait besoin de lui.

Je n'avais aucun doute sur le fait qu'il se serait immédiatement débarrassé de lui s'il en avait eu l'opportunité.

Quand il revint vers moi, Adrian prit une serviette sur la table et s'essuya les mains.

— Suis-moi, fiancée. Prenons le petit-déjeuner pendant qu'on nettoie ce désordre.

Je jetai un regard à la fille, qui sanglotait dans ses paumes couvertes de sang.

— Elle m'appartient, maintenant. Faites-la transférer à ma maison à Chypre. C'est moi qui déciderai où elle ira ensuite.

––––––––

Au cours de l'heure suivante, j'eus l'impression d'être dans le brouillard. C'était comme si Adrian n'avait pas failli tuer un homme devant au moins trente personnes. Et aucune d'entre elles ne semblait effrayée.

Non, ce n'était pas vrai. Certains d'entre eux paraissaient éviter tout contact avec Adrian. Comme s'ils étaient inquiets à l'idée de se retrouver dans son collimateur.

Même le personnel de l'île n'avait pas l'air perturbé. Ils se déplaçaient, servant les invités, veillant à ce que tout le monde soit à l'aise.

Après un léger repas, je passai du temps assise, inconfortablement sur mes fesses sensibles, dans un coin avec les femmes du harem.

Aucune de nous ne parlait, nous attendions simplement d'être convoquées. Elles semblaient toutes calmes et aguerries. Elles avaient toutes des formes et des tailles différentes. Elles n'avaient que leurs vêtements en commun. Des robes de toutes les nuances de couleurs vives, et des corps parés de bijoux qui semblaient véritables, et non pas de pacotille. Chacune d'entre elles était belle et semblait bien traitée, sans ecchymoses ni blessures visibles. Elles étaient les princesses choyées qui avaient échangé leur corps contre une vie de luxe. Je ne pouvais pas les blâmer pour leurs décisions. Je ne connaissais rien de leurs origines.

Mais ces femmes étaient ici par choix. Il fallait que je retrouve celles qui ne l'étaient pas, cachées dans les entrailles de cette île. Où que ce soit.

L'une d'elles me regardait fixement, comme si elle essayait de me comprendre. À l'occasion, elle jetait un coup d'œil à Adrian, puis revenait vers moi en fronçant les sourcils.

J'avais envie de lui demander quel était son problème, mais je me tus, sachant qu'il valait mieux pour moi garder le silence.

— Anastasia, viens ici.

Je fus tirée de mes pensées et tournai les yeux vers le groupe à ma gauche. Adrian soutint mon regard et haussa un sourcil.

— Anastasia.

L'avertissement dans son ton me fit avancer vers lui.

Je soufflai et me glissai sur ses genoux. Je tentai de m'abaisser doucement, pour ne pas secouer mon postérieur douloureux.

Je haletai quand une main possessive se posa sur ma taille, me tirant en arrière. Je m'accrochai à sa jambe, sachant que s'il me lâchait, je tomberais.

— Endolorie ?

Je hochai la tête. Les hommes continuaient de nous observer avec curiosité, avec ce petit soupçon de luxure perverse qui se lisait sur leurs visages depuis la première fois que je les avais vus.

— Alors, ne te comporte pas mal. Tu me gifles, je te gifle en retour.

Je changeai de position pour essayer d'être plus à l'aise, et je sentis immédiatement que le sexe d'Adrian grandissait et que les muscles de ses cuisses se contractaient.

Mon rythme cardiaque s'accéléra.

— Maintenant, où en étions-nous, Messieurs ? leur demanda Adrian.

Les hommes entamèrent une discussion animée à propos de ventes et d'acheteurs. Je compris qu'ils faisaient référence aux contrats d'armement. Je commençai à prendre des notes mentalement au sujet des endroits qu'ils mentionnaient.

Heureusement, j'avais une mémoire photographique. Quand on me débrieferait après avoir quitté cette île perdue, je serais capable de donner tous les détails de ce que j'avais entendu et vu.

Pendant les quinze minutes que dura la conversation, un invité en particulier sembla vouloir impressionner Adrian. Il s'appelait Mica. Son cou portait une grosse ecchymose qui ressemblait presque à l'empreinte de la pointe d'une chaussure d'homme.

Adrian se pencha et murmura dans mon oreille :

— Reste parfaitement immobile. Ne jouis pas avant que je t'en donne la permission.

— Quoi ?

— Tu m'as entendu.

Adrian prit son verre, en but une gorgée, puis le déposa sur une table voisine, suivant le rebord avec son doigt. Puis il glissa la main qui était sur ma taille jusque sous ma robe.

Son bras était dissimulé par le tissu, mais quiconque nous regardait comprendrait ce qu'il était en train de faire.

Je me raidis. Je voulais désespérément repousser sa main, mais je savais qu'il devrait me discipliner devant le groupe si je suivais mon instinct.

Adrian saisit mon genou et écarta légèrement mes jambes pour se faire de la place.

Dieu merci, la robe me couvrait. Du moins, en quelque sorte.

Adrian effleura mon intimité et ronronna. Son sperme recouvrait ses doigts à cause de notre séance précédente dans la bibliothèque. Son membre devint plus épais et plus long, envoyant un frisson le long de ma colonne vertébrale.

Il aimait la sensation de sa semence sur moi. Il frotta de haut en bas, sans toucher mon clitoris ni l'entrée de mon intimité.

Mes joues s'empourprèrent, tout comme le reste de mon corps.

Adrian continuait de bavarder, discutant de diverses propriétés et d'emplacements d'entrepôts. Pendant tout ce temps, ses doigts caressaient mon sexe de haut en bas. L'excitation et le désir me brûlaient les entrailles.

Je me mordis la lèvre et étouffai un gémissement. Mon sexe frémit et mon désir trempa sa main diabolique.

— Chut, murmura-t-il pour que moi seule entende. Pas avant que je ne te le dise.

Mon corps était trempé d'une couche de sueur.

Il poussa un doigt en moi et le courba vers le haut, taquinant le paquet de nerfs sensibles profondément enfoui.

Je plantai mes ongles dans ses jambes revêtues de tissus,

cherchant à retenir l'orgasme qui était sur le point de m'envahir.

Adrian ne paraissait pas affecté et poursuivait ses caresses, plongeant maintenant dans et hors de moi, sans se soucier du fait que tout le monde autour de nous était devenu silencieux en nous observant.

L'autre main d'Adrian se posa sur mon sein, le caressant, puis pinçant la pointe à travers ma robe.

Je criai, incapable de contrôler la réponse de mon corps.

— Jouis. Fais savoir à tout le monde que ton corps m'appartient.

Adrian s'enfonçait profondément pendant que son pouce frottait mon clitoris.

Je rejetai ma tête contre sa poitrine, je me cambrai à son contact et je jouis.

— Oh, oh, oui !

Mon sexe se resserra, se contractant autour du doigt d'Adrian qui me pilonnait. Je me perdis dans la sensation de cet orgasme qu'il m'avait refusé plus tôt.

La respiration lourde, je revins à la réalité et ouvris les yeux. Je n'avais pas réalisé que je les avais fermés. Adrian se retira de mon sexe toujours palpitant et porta ses doigts à mes lèvres.

— Suce.

J'entrouvris la bouche pour aspirer ses doigts. Ma propre essence mêlée à son sperme était un mélange épicé que je n'avais pas goûté depuis cinq ans.

— Tu aimes ça ?

Sans réfléchir, je hochai la tête.

C'était tellement pervers. Je sentais les regards des

hommes sur moi, et je m'en fichais. J'étais fascinée par Adrian, et cette connexion que nous avions toujours eue. En fait, depuis le moment où notre relation était passée d'un *crush* d'ado à une passion qui m'avait laissé des cicatrices quand elle avait pris fin.

— Parfait. C'est une chose à laquelle tu vas t'habituer.

Adrian me saisit la mâchoire. Puis il m'embrassa brutalement avant de reporter son attention sur le groupe qui nous entourait.

— Voilà, Messieurs, comment on transforme une furie en colombe. La force et la discipline sont une mesure de dernier recours et ne servent qu'à faire passer un message.

Adrian se raidit lorsqu'un homme s'approcha et lança d'une voix profonde, à l'accent légèrement allemand, que je reconnus d'une certaine manière :

— On dirait que je suis arrivé quelques minutes trop tard.

Anaya

Mon rythme cardiaque s'emballa lorsque l'homme que j'avais connu sous le nom de Sebastian Kohl apparut.

Il semblait tout droit sorti d'un roman d'amour sur la mafia, avec son pantalon noir taillé sur mesure et sa chemise blanche retroussée aux manches, exposant les tatouages qui recouvraient ses bras. Il se comportait d'une manière qui laissait entendre qu'il pourrait être dangereux si on le poussait trop loin. Il avait incontestablement changé en cinq ans, depuis la dernière fois que je l'avais vu.

C'était un génie de la technologie, comme Adrian, mais il savait se détendre et pouvait faire en sorte que ce dernier s'éloigne de ses ordinateurs le temps d'une soirée.

Apparemment, Sebastian avait obtenu bien plus d'Adrian que le simple fait d'aller en club un soir. À moins que cela ne soit l'inverse.

— Je vois que tu as volé le trophée avant même que je n'arrive.

Son regard me détailla de la tête aux pieds avant de se poser sur Adrian.

La main d'Adrian revint autour de ma taille, se crispa une seconde, puis se détendit alors que je m'adossais à lui.

— Je ne perds pas de temps quand je veux quelque chose. À qui la faute si tu es en retard ?

L'hostilité dans le ton d'Adrian m'indiqua que Sebastian était le « Sebastian Weber » dont Ele m'avait parlé. L'ennemi avec qui il partageait des femmes.

— Tu sais aussi bien que moi que les obligations familiales empiètent sur notre temps.

— Je suppose que cela a un rapport avec les expéditions hors du Moyen-Orient ?

— La seule chose que tu as besoin de savoir, c'est que c'est réglé.

Sebastian s'arrêta quand il fut devant Adrian et moi. Il me prit la main, la porta à ses lèvres et embrassa l'intérieur de mon poignet.

— Bonjour, ma belle.

Un picotement s'enflamma au creux de mon ventre.

Pourquoi avais-je la chair de poule à son contact ?

Ce devait être les endorphines induites par mon orgasme.

Ou le fait que tu aies toujours été attirée par lui. Il était sexy à l'époque et l'est encore plus maintenant.

Je gardai le silence et jetai un regard à Adrian, qui voulait que je m'en remette à lui quand quelqu'un s'adressait à moi.

Il inclina la tête.

— Bonjour.

Sebastian frotta la peau du dos de ma main avec son pouce avant de la relâcher.

— Je suis *prem's* pour être votre troisième.

Mon ventre palpita. Je savais qu'une partie de toute cette histoire de mariée consistait à être partagée, mais j'avais espéré que cela n'arriverait pas.

Cependant, entre la chaleur du regard de Sebastian et la manière dont j'avais été affectée par son contact, je n'étais plus si réfractaire à l'idée.

— Nous verrons.

Les doigts d'Adrian fléchirent sur mon abdomen, me tirant de mes folles pensées. J'étais vraiment en train de perdre la tête.

— Vous allez devoir faire la queue, Weber, dit l'homme appelé Mica Chance.

Adrian comme Sebastian l'ignorèrent ; ils semblaient partager une forme de communication, compréhensible par eux seuls.

— Bienvenue, *Herr* Weber. Comment se passe la vie à Berlin ?

Sebastian se tourna vers Trevolo et lui serra la main.

— Aussi agréable que possible. *Vater* vous transmet ses salutations.

— Vous devriez l'amener la prochaine fois.

— Vous savez aussi bien que moi qu'il n'a aucun penchant pour notre forme de sport.

— Oui, c'est vrai. Cela signifie plus pour les hommes comme nous. N'est-ce pas, Bonaparte ?

Il y avait un côté froid, presque calculateur dans le ton de Trevolo, qui me fit penser qu'il s'agissait d'une sorte de pique qu'il lui adressait.

— Tant que ce n'est pas avec des enfants, je suis tout à fait d'accord.

Adrian caressait mon bras de haut en bas avec les doigts.

— Oui. Nous sommes au courant de vos préférences. M. Cruise était une regrettable erreur que je ne commettrai plus.

— Dis-nous, Bonaparte, quand choisiras-tu ton troisième ? lui demanda Sebastian, attirant l'attention de Trevolo sur un sujet différent.

Moi.

— Bientôt, répondit Adrian, mais son comportement était hostile.

— On peut comprendre que M. Bonaparte soit très protecteur envers son animal de compagnie. On ne paie pas 20 millions pour laisser quiconque goûter, dit un autre homme, un certain Silas Finn, avec un fort accent irlandais.

— Vingt millions. C'est intéressant, lança Sebastian en secouant la tête. Si tu avais patienté un jour pour l'enchère, j'aurais été ravi de payer plus.

— Alors, peut-être puis-je vous suggérer un lot de consolation, proposa Trevolo en s'approchant de l'endroit où Adrian et moi étions assis. Surtout que M. Bonaparte s'est débarrassé d'un invité avant que je ne puisse conclure mon affaire avec lui.

— Je suis intrigué, lança Sebastian en me scrutant de nouveau, s'attardant sur la manière dont Adrian me tenait contre lui. J'ai lu son dossier. Elle est sans nul doute un objet unique.

— Hors de question, répondit Adrian d'un ton qui ne souffrait aucune contestation. Je choisis l'homme.

— Vous me devez bien ça, Bonaparte. Ce serait logique de faire une vente aux enchères pour déterminer qui sera votre troisième. De plus, ce n'est pas comme si vous n'aviez jamais partagé une femme une fois ou deux avec Weber, ou même certains de nos autres invités.

J'entendais presque les dents d'Adrian grincer, et l'idée d'une vente aux enchères pour déterminer avec qui il me partagerait me révulsait.

M'attendant à ce qu'Adrian me protège en prononçant une sorte de décret ou autre, je ne pus cacher ma surprise lorsqu'il dit :

— Je touche la moitié de tout ce que vous prenez, et cela se passera dans mon bungalow privé sur la plage. Ce n'est qu'une juste compensation pour le partage de mon trophée à 20 millions de dollars.

Je commençai à m'agiter, sentant la panique monter.

La prise d'Adrian se resserra presque douloureusement.

— Silence.

— Ta fiancée désapprouve ton choix, constata Sebastian avec un sourire.

— Elle n'a pas son mot à dire sur ce que je fais avec elle.

Adrian me regarda en plissant les yeux. Sans un mot, il me demandait de rester tranquille.

— Mes conditions sont-elles acceptables, Trevolo ?

— J'accepte avec une nuance, répondit ce dernier. Vous

installerez une caméra pour que nous puissions regarder et constater la livraison de la marchandise.

— Rien que pour la durée de la scène. Ensuite, j'aurai droit à mon intimité.

Adrian attendait la réponse de Trevolo.

Après un long moment, celui-ci répondit :

— Marché conclu.

— Je t'en prie, ne fais pas ça, lui dis-je.

— Ana, silence, dit Adrian en fixant Sebastian. Commencez la vente aux enchères, Trevolo.

— Suivez-moi, Messieurs. J'informerai M. Bonaparte du gagnant une fois que nous aurons terminé.

Tous les hommes qui avaient regardé Adrian me prendre se levèrent et suivirent Trevolo à l'intérieur. Le dernier était Sebastian. Il avait une allure paresseuse qui donnait l'impression que les résultats n'étaient qu'une formalité.

La porte se referma derrière lui, et je jetai un regard noir vers Adrian, avant de le gifler. J'avais envie de faire telle- ment plus.

Je m'étais engagée pour ça, mais la réalité m'écrasait. Je n'avais jamais été qu'avec un seul homme dans ma vie, et c'était Adrian.

Le silence se fit dans la pièce, et les invités qui restaient posèrent aussitôt les yeux sur nous, ainsi que les femmes éparpillées autour de nous.

— Je t'avais prévenue, Ana, lança-t-il, l'expression pleine de colère. Tu apprendras que je riposte.

———

Adrian

Je me levai, balançai Ana par-dessus mon épaule, frappant ses fesses assez fort pour qu'elle glapisse et que ma paume me brûle, et me dirigeai vers le couloir menant à la suite nuptiale.

Pourquoi m'avait-elle giflé, bon sang ?

Je l'avais prévenue qu'ici je devrais me comporter différemment.

Elle me frappa le dos, balançant des jurons dans trois langues différentes : l'italien, l'hindi et l'anglais.

À la seconde où j'entrai dans la chambre, je la laissai retomber au sol et claquai la porte.

Ana remua, comme si elle était sur le point de foncer vers le balcon, et je grognai.

— Ne pense même pas à t'enfuir. Je te rattraperai, et la punition sera perverse et brutale.

Frustré, je me passai une main dans les cheveux.

— Je refuse de le faire. Je ne te laisserai pas me transformer en prostituée.

Cela faisait-il partie du rôle, ou était-ce ce qu'elle ressentait ? Toute cette situation était tordue.

La dernière chose dont j'avais envie, c'était de la partager avec un homme, et encore moins un connard qui aurait remporté une enchère. Si c'était Sebastian qui s'avérait le grand vainqueur, même l'idée de mon meilleur ami avec Ana m'agaçait.

Nous avions partagé plein de femmes auparavant, mais

elles connaissaient toutes les règles du jeu et aucune n'était Anaya Anthony, ma femme. Mon foutu *tout*.

Je fis les cent pas, sachant que je n'avais pas eu le choix, que refuser aurait fait passer Julian Bonaparte pour un faible et aurait anéanti cette réputation de salaud que j'avais mis des années à construire.

— Tu n'as pas ton mot à dire sur ce que je fais de toi. Et mettons les choses au clair, tu *es* une prostituée. La mienne.

Alors que des larmes de colère embuaient sa vision, Ana cracha :

— Pourquoi fais-tu une chose pareille ?

— Parce que je le peux. Maintenant, viens ici et agenouille-toi.

Même si c'était pour le spectacle, j'avais besoin de la sentir, de posséder une partie d'elle avant qu'un autre n'obtienne ce qui m'appartenait.

Je savais que c'était complètement pervers de vouloir une fellation pour apaiser ma tension, mais je ne voyais pas d'autre moyen de me calmer.

— Tu n'es pas sérieux.

— Ana, bouge, dis-je d'un ton méchant.

Assez méchant pour qu'elle avance et s'agenouille devant moi.

J'ouvris mon pantalon juste assez pour en sortir mon membre. Empoignant la base, je le caressai de haut en bas à plusieurs reprises.

Son regard se porta sur la goutte qui perlait au bout. Elle poussa un gémissement scandalisé, mais ses yeux s'embuèrent de désir et elle se lécha les lèvres, me prouvant qu'elle ressentait tout autre chose.

Je la touchai, recouvrant ses lèvres de ce liquide.

— Ouvre.

Un pli se creusa entre ses sourcils quand elle me fixa de son regard ambré.

Pourquoi cette lueur de défi m'excitait-elle ?

Je posai la main sur sa nuque, appliquant suffisamment de pression pour qu'elle obéisse.

Je gémis en pénétrant sa bouche.

— Suce-moi. Ne me déçois pas.

Bon sang, rien au monde ne pouvait être comparé à ce que cette femme me faisait ressentir.

Elle tenait la base de mon sexe et me pompait de haut en bas, ajoutant un mouvement de sa langue délicieuse.

— Oui !

J'avais la voix enrouée, mais elle laissait transparaître mon excitation. Cette femme savait comment s'occuper de moi.

— Prends tout.

Elle eut plusieurs haut-le-cœur, et mon côté pervers adora ce son. Je possédais cette bouche… Bon sang, je possédais tout d'elle, son sexe, ses seins, ses fesses. J'avais tellement adoré m'enfoncer dans son précieux bouton de rose froncé la nuit dernière. Cette femme était faite pour moi.

Elle faisait des mouvements de haut en bas, me suçant comme si c'était son activité préférée.

Elle avait beau être à genoux, elle savait tout aussi bien que moi que c'était elle qui détenait tout le pouvoir.

— Calme-toi. Je ne suis pas prêt à jouir.

Je serrai les dents dans un effort désespéré de retenir mon orgasme.

Mes mots l'incitèrent à intensifier ses caresses, jouant avec sa langue vicieuse comme je l'aimais.

— Regarde-moi. Tu m'appartiens, Ana, lui dis-je quand elle obtempéra. Je fais ce que je veux de ton corps. Je vais te partager, et tu l'accepteras.

Elle ne pouvait pas répondre et je n'attendais pas qu'elle le fasse. Elle soutint mon regard tandis que ses yeux se remplissaient de larmes à chaque coup de reins.

Ce que j'avais envie de lui demander, c'était si elle pensait vraiment que j'avais envie de la partager, de laisser un autre homme connaître le paradis qu'était son corps.

— Touche-toi. Joue avec toi.

Les doigts d'une de ses mains caressaient mon membre pendant que l'autre se posait sur son clitoris.

Je sentais son désir se mêler au mien. C'était un mélange enivrant. Je ne savais pas comment j'avais pu vivre sans elle ces dernières années.

Mes bourses se contractèrent et je serrai plus fort le poing dans ses cheveux.

— Tu m'appartiens, Ana. Tu es née pour être à moi. Jamais je ne laisserai un autre t'arracher à moi.

Elle gémit, caressant la veine sous mon sexe alors que je touchais le fond de sa gorge.

— Prends chaque goutte.

J'explosai, jaillissant dans sa bouche au rythme de mes hanches. Ana avala encore et encore. Des larmes roulèrent sur ses joues, mais jamais elle ne détourna le regard.

C'était une foutue déesse.

Et j'espérais de tout cœur ne pas tuer celui qui aurait l'occasion de la connaître.

Je me libérai de sa bouche, tombai à genoux et la repoussai en arrière. Soulevant sa jupe, je m'attaquai à son sexe que je suçai, léchai, encerclai de ma langue.

Elle s'accrocha à ma tête et cria :

— Oh, mon Dieu !

Son désir trempa mon visage et je ne pus m'empêcher de me délecter de son goût.

Je repoussai son essence addictive vers son bouton de rose.

— Bon sang. Je vais jouir si tu fais ça.

En guise de réponse, j'enfonçai mon pouce dans l'ouverture étroite et froncée. Elle explosa en criant, se mordant le poing tandis qu'elle serrait mes cheveux plus fort de l'autre.

— C'est trop. C'est trop ! Ne t'arrête pas ! Ne t'arrête pas !

Je la travaillai jusqu'à ce que son dernier orgasme ne s'apaise.

Quand sa prise se relâcha, je remontai sur son corps, enfermant sa tête entre mes bras. Mon sexe se balançait entre nous, encore dur après l'avoir vue jouir.

Nous nous fixâmes, ressentant l'intensité de la situation à laquelle nous n'avions d'autre choix que de participer.

En me penchant, je l'embrassai, sans me soucier du fait que je pouvais me goûter. C'était ma femme et, une fois que cette foutue épreuve sera achevée, je l'épouserai de nouveau. Qu'importent les conséquences.

Ana saisit mon érection, la plaça devant son entrée et se souleva pour s'empaler sur ma longueur.

Je me cambrai en avant et frottai mon bassin contre son clitoris. Son sexe frémit et déborda d'une nouvelle vague de désir.

— Prends-moi fort. Comme si jamais aucun homme ne pouvait me sauter et me donner envie de plus.

Cette simple phrase me fit perdre tout semblant de contrôle ou de pensée rationnelle. Je commençai à la prendre, à m'enfoncer en elle, à pilonner ce sexe qui n'avait connu que mon membre.

— Encore. Plus fort.

Ses exigences étaient presque inaudibles alors qu'elle remuait et griffait mon dos.

Je lui obéis, et nous fûmes emportés par un même désir.

Quand vint le moment de la jouissance, ce fut brut, sans filtre, et chargé de bien plus de sentiments que ce qu'un endroit comme celui-ci ne devrait jamais susciter.

CHAPITRE
Onze

Anaya

Je lâchai une profonde respiration quand Adrian releva la tête de mon épaule et me fixa.

Nous étions tous les deux sous le choc de l'intensité de nos orgasmes et des non-dits entre nous.

C'était notre mission, un élément qui entrait en action hors de notre contrôle, mais c'était aussi nous. Ce couple qui s'était aimé si fort que cela n'avait eu aucun sens quand cela s'était terminé.

— Il faut qu'on se lave. Ils seront bientôt là.

Il se retira de moi, et je haletai à cause de la soudaine sensation de vide.

Juste à ce moment, quelqu'un frappa à la porte.

— Va dans la salle de bains et attends que je vienne te chercher.

Je hochai la tête et me levai. Je savais que mes sentiments se lisaient sur mon visage. Avec n'importe qui d'autre, je n'avais aucun mal à les masquer, à prétendre que je ne ressentais rien. Mais Adrian voyait clair en moi. Au point qu'il avait cette capacité dingue de savoir ce que je ressentais et pensais.

Je me rendis dans la salle de bains, laissant la porte ouverte tandis qu'Adrien rajustait ses vêtements et répondait à la porte.

Il discuta avec un messager, mais je ne distinguai pas ce qui se disait. Tout ce que j'entendis, c'était que les enchères étaient terminées.

La porte se referma et je retournai dans la pièce.

— Sais-tu qui a remporté l'enchère ?

— Pourquoi tu ne fais jamais rien de ce que je dis ? lança Adrian d'un ton sec.

Il se dirigea vers moi, m'attrapa la main et m'attira dans la salle de bains. Refermant la porte, il me plaqua contre le mur le plus proche, collant son corps contre le mien.

— Tu ne quitteras pas cette suite sauf si Ele ou moi venons te chercher. Je refuse de risquer qu'il t'arrive quelque chose.

— Je ne suis pas faible !

— Je le sais, mais eux ne le savent pas, dit-il en posant son front contre le mien. Ana, je t'en prie, ne me contredis pas sur ce sujet.

Je compris ce qu'il voulait dire. C'était tellement difficile pour moi de me rappeler que je n'étais pas Anaya avec Adrian, et que je ne pouvais pas me permettre de réagir comme à mon habitude face à lui.

Je soupirai et hochai la tête.

— Merci.

Il me gratifia d'un profond baiser que je ressentis jusqu'aux orteils, et recula.

— Quand nous irons à mon bungalow ce soir, nous aurons à discuter.

Avant que je ne puisse répondre, il ouvrit la porte et sortit à grands pas.

———

Une heure plus tard, j'attendais toujours des nouvelles.

Faire les cent pas n'avait pas atténué mon malaise, alors je sortis sur le balcon et m'appuyai contre la balustrade. Le long du rivage, les travailleurs s'affairaient à enlever les algues qui s'étaient échouées sur le sable pour garder les plages immaculées. Un couple se promenait près des falaises. Grâce à la couleur de la robe, je reconnus la femme qui ne pouvait pas s'empêcher de me regarder dans le salon. Elle tenait la main de Silas Finn.

Ils ressemblaient à un couple heureux en vacances, se promenant tranquillement. Ils formaient un couple frappant. Peut-être que Silas arriverait à l'emmener loin de cet endroit. Sa manière tendre de la toucher me fit penser qu'il pourrait prendre soin d'elle pour le restant de ses jours.

Maudits soient Adrian et ses prouesses sexuelles. Il avait bousillé les cellules de mon cerveau.

Si j'étais autant en vrac maintenant, dans quel état serais-je après deux semaines de ce traitement ?

Une image d'Adrian et moi à Vegas me revint à l'esprit, où il me dominait et m'adorait en même temps.

Mon ventre se contracta.

Arrête de penser au sexe, Anaya !

À ce moment-là, ma tension grimpa, et je sus que quelqu'un était dans la pièce. Il n'y avait pas eu de cliquetis à la porte pour m'en avertir, mais je l'avais senti.

C'était l'exacte sensation qui m'envahissait immanquablement quand je me savais en danger.

J'inspirai profondément et attendis, gardant les yeux rivés devant moi. Adrian ou Ele se seraient annoncés.

— Bonjour, Anastasia. C'est un miracle que tu sois encore capable de tenir debout après la manière dont Bonaparte t'a prise sur le sol tout à l'heure.

Je me retournai face à Mica Chance, appuyé contre l'encadrement de la porte du balcon.

— On dirait que tu aimes quand c'est fort et brutal. C'est une bonne chose que ce soit ce que je préfère aussi.

— Vous n'êtes pas censé être ici.

— Je fais ce que je veux. Ni Trevolo ni Bonaparte n'ont leur mot à dire. Ton maître me doit bien ça, précisa-t-il en montrant les ecchymoses autour de sa gorge. Tourne-toi. Goûter à son Aphrodite me paraît un paiement adéquat.

Cet enfoiré allait en avoir pour son argent.

Je secouai la tête, et il déplia un couteau à cran d'arrêt avec un petit clic.

J'allais lui enfoncer ce couteau dans le visage.

J'agrippai la balustrade dans mon dos et regardai Mica approcher.

— J'ai dit, tourne-toi. Et si tu fais le moindre bruit, je détruirai ce visage qui semble pousser les hommes de cette île à dépenser de l'argent.

— Je… S'il vous plaît, ne faites pas ça, dis-je en ajoutant un tremblement à ma voix. Maître Julian sera bientôt là.

— C'est de moi que tu devrais t'inquiéter.

D'un geste rapide, il arracha les bretelles de ma robe, exposant mes seins.

— Non !

Je couvris ma poitrine de mes bras.

Il m'agrippa le flanc, enfonçant profondément ses doigts, me faisant crier.

— Ce n'est que le début.

Il me retourna brutalement, m'obligeant à faire face à l'eau pendant qu'il frottait son érection contre mes fesses.

— Non ! pleurnichai-je, et je laissai les larmes rouler sur mes joues. Ne faites pas ça.

— J'aime quand elles pleurent, dit-il en entaillant mon cou. J'aime aussi le sang.

Cet enfoiré allait mourir.

Il commença à soulever ma robe et, avant qu'il ne dépasse mes cuisses, je me servis de l'arrière de ma tête pour le frapper au visage, puis je pivotai rapidement et lui donnai un coup de pied dans la poitrine.

Il tomba en arrière, lâchant la lame et se couvrant le nez, le sang suintant entre ses doigts.

Quand il leva les yeux, son regard était empli de rage.

— Maintenant, tu vas me supplier de te tuer.

Il chargea dans ma direction et, d'un coup rapide de mon pied gauche, mes orteils soulevèrent le couteau. Attrapant la lame avec ma main droite, je la plantai dans la poitrine de Mica une seconde avant qu'il ne m'atteigne.

Il hurla, mais cela ne l'empêcha pas de me frapper sur la tempe.

Des étoiles explosèrent devant mes yeux et je vacillai, manquant de perdre l'équilibre contre la balustrade du balcon. Mica leva le poing pour me frapper à nouveau, mais je sortis l'arme et la plantai dans son visage.

Il trébucha en arrière avec un bruit de gargouillis, et tomba au sol.

Je haletai ; cette fois, je tremblais vraiment. Ma tête me faisait terriblement souffrir. Je glissai au sol, trop faible pour faire quoi que ce soit d'autre.

Bon sang. Je venais de tuer un homme.

Cette ordure le méritait pour avoir essayé de me violer, et qui savait combien de fois il était parvenu à ses fins avant de s'en prendre à moi.

Ce n'était pas la première fois que je tuais quelqu'un, mais il y avait une grosse différence entre descendre une personne à travers la lunette de mon fusil et le faire de ma main, en contact direct.

Je laissai retomber ma tête en arrière contre la balustrade, et grimaçai. Un élancement était apparu, et je savais que j'avais une sorte de commotion cérébrale.

Il fallait que je reste éveillée, mais mes paupières étaient très lourdes. Mon Dieu, j'étais tellement fatiguée !

Où était Adrian, bon sang ?

Je levai les mains pour me couvrir la tête, mais du sang coula sur mes doigts. Jetant un coup d'œil à l'endroit où gisait le corps de Mica, un sentiment d'effroi m'envahit.

Comment allais-je expliquer tout cela ? Y aurait-il des

conséquences ? Est-ce que je venais de compromettre toute l'opération ?

Les vertiges commencèrent à m'envahir, comme la nausée.

Bordel. Où est Adrian ? Reste éveillée, Anaya, reste éveillée.

Mais c'était peine perdue. Il fallait que je ferme les yeux.

————

Adrian

— Ana, bébé, réveille-toi, insistai-je à voix basse auprès d'une Anaya endormie, pour la millionième fois depuis que je l'avais trouvée couverte de sang et évanouie deux jours plus tôt.

J'avais cru mourir en la voyant inerte.

J'aurais dû rester avec elle ou l'emmener avec moi et rien de tout cela ne serait arrivé. Anaya avait beau se croire forte, elle ne pouvait rivaliser avec un homme qui pesait au moins cinquante kilos de plus qu'elle et n'hésitait pas à se battre à la déloyale.

Elle l'a tué, abruti, elle était assez forte.

Je me saisis la nuque.

Les ecchymoses sur son visage et la coupure sur son cou avaient commencé à guérir, et selon les médecins envoyés par Trevolo, elle avait une commotion, mais pas d'hémorragie cérébrale ni de traumatisme permanent. Le sommeil était le meilleur remède pour elle.

J'avais du mal à faire confiance à un médecin payé par

Trevolo, mais je n'avais d'autre choix que d'attendre. Il n'y avait aucun moyen de faire appel à un deuxième avis sans compromettre l'enquête.

Je détestais attendre comme ça.

Si cet enfoiré de Trevolo n'avait pas fait traîner l'annonce avec un cocktail, je serais revenu à temps dans la chambre. Il l'avait fait exprès pour me taper sur les nerfs.

Je connaissais bien le processus d'une vente aux enchères comme celle d'Ana. Les hommes intéressés avaient pour instruction d'écrire l'offre la plus élevée possible, pour une nuit en tant que mon troisième, et de la sceller dans une enveloppe.

Tout ce que ce salaud avait à faire, c'était de lire chaque enchère et de partir de là.

Quand j'avais remarqué l'absence de Chance, j'avais compris que quelque chose n'allait pas. Ce salopard aux yeux globuleux n'avait pas quitté Ana du regard depuis le moment où il avait essayé de la toucher dans sa cellule.

Dieu merci, cela faisait partie des règles de Trevolo de ne lire le nom du gagnant qu'en présence des enchérisseurs, ce qui m'avait donné une excuse pour partir.

Ce à quoi je ne m'étais pas attendu, c'était à voir Ele, affolée, courir dans le salon pour dire que Chance était mort.

Je sus immédiatement que c'était arrivé dans ma suite. Trouver le corps inerte d'Ana avait failli me détruire. Il avait fallu cinq hommes pour me retenir contre les gardes qui avaient quitté leur poste pour fumer. J'avais souhaité qu'ils subissent le même sort que Chance et j'avais voulu le faire en les jetant du balcon du troisième étage.

Ma seule consolation fut de savoir que Trevolo s'en était chargé pour moi.

La porte de mon bungalow s'ouvrit, et je sus immédiatement de qui il s'agissait. Il n'y avait qu'une seule personne ayant le savoir-faire pour contourner ma sécurité. Sebastian.

Il apparut quelques secondes plus tard.

— Comment va-t-elle ?

— Va te faire voir, Weber.

— Trevolo te veut à la maison.

— Dis-lui d'aller se faire voir aussi.

— Arrête de faire le con. Tu as de la chance qu'il t'ait laissé te terrer ici, avec elle.

— Je m'en contrefous.

Je n'avais pas l'intention de quitter le chevet d'Ana avant qu'elle ne se réveille et n'essaie à nouveau de me frapper.

— Pourquoi es-tu ici, Weber ?

— Comme je te l'ai dit. Pour relayer les messages de Trevolo, dit-il avant de marquer une pause. Et pour t'apporter de la nourriture.

— Non, je veux dire, pourquoi es-tu sur cette île, putain ? Ta venue a compliqué les choses.

Sebastian et moi avions reçu des invitations à la vente aux enchères en même temps, mais nos supérieurs avaient décidé que j'y participerais parce que j'étais le mieux infiltré dans le monde de Trevolo.

— Non. Mon apparition a empêché l'équipe d'Anaya de changer d'avis et de prendre d'assaut l'île pour éliminer tout le monde. Ils ont appris qu'une cargaison arrivera sur l'île dans quelques jours, ce qui signifie qu'une vente aux enchères spéciale est imminente.

— Cela ne veut-il pas dire qu'il est plus important que jamais de découvrir qui sont les acheteurs ? Qu'est-ce que tu ne dis pas ?

— La responsable d'Ana veut qu'elle quitte l'île le plus vite possible. Elle soupçonne Trevolo de vouloir te voler Ana et la vendre à un autre enchérisseur.

Cela n'avait aucun sens, mais, d'un autre côté, Trevolo avait tendance à conclure des accords avant de doubler son partenaire pour obtenir un bénéfice secondaire.

Sebastian poursuivit :

— Nous avons de la chance qu'ils nous aient même contactés. Ils ont mis leur opération en attente pour la nôtre. Sa responsable, ce n'est pas du gâteau. Elle menace de nous la couper à tous les deux si nous ne la faisons pas sortir avant que ça ne dégénère.

Je n'avais aucun doute sur la détermination de Briana. Comparée à elle, Ana était douce et calme. C'était peut-être à cause du fait qu'elle exerçait ce métier depuis bien plus longtemps, à moins que ce ne soit son tempérament enjoué.

— Est-ce qu'ils ont parlé d'un délai ?

— Une semaine. Ensuite, la directrice nord-américaine prend la relève. Elle pourrait faire passer nos directeurs pour des enfants de chœur.

— C'est quoi, leur directrice nord-américaine, bon sang ? Une version féminine de Rambo ?

Sebastian éclata de rire et me donna une tape dans le dos.

— La première dame. Au sens technique du terme, c'est ta nouvelle belle-mère.

— Redis-moi ça.

— Tu m'as entendu. La femme du leader du monde libre est à la tête des opérations de Solon en Amérique du Nord. Elle considère tous ses collaborateurs comme une famille. Et comme ils ont prêté Anaya pour une opération en Europe, elle le prend personnellement.

Je restai assis, intégrant l'information. Tara Zain Kumar, ancienne avocate des droits de l'Homme, à la taille minuscule, était un agent de Solon. Il fallait qu'elle soit l'une des meilleures pour obtenir ce rôle, mais bon sang.

Le président était marié à une espionne ?

Ça avait dû bien se passer quand il l'avait appris. Ashur Kumar était à cheval sur les règles et l'utilisation de la loi pour faire changer les choses, et il était marié à une femme qui contribuait à la contourner.

Je venais de développer un nouveau respect pour ce type.

— Tu aurais moyen de les convaincre de prolonger le délai ?

— Nous avons déjà de la chance d'avoir celui-ci.

Je jetai un coup d'œil à Ana. Elle reprenait des couleurs. C'était déjà un début.

— Bon sang, je n'ai pas été là pour la protéger. Comment vais-je expliquer ça à sa famille ?

— Tu n'en feras rien. D'après ce que je sais, tout le monde pense qu'elle n'est rien de plus qu'une consultante en marketing, réseaux sociaux et design pour l'industrie de la mode, expliqua Sebastian en me tendant une bouteille.

Bois ça, et tu trouveras de la nourriture dans la salle avant. Allons en discuter là-bas.

Je pris l'eau, ouvris le bouchon et bus une longue gorgée.

— Je mangerai plus tard.

— Elle n'ira nulle part, dit-il avec un mouvement de la tête. Mange pendant que je te raconte d'autres informations intéressantes que j'ai apprises en tant qu'invité de Trevolo.

— Bien.

Je me levai, jetant un autre coup d'œil à Ana avant de passer devant Sebastian. Je passai dans l'espace ouvert englobant le salon et la cuisine. Des plats couverts étaient posés sur deux plateaux surdimensionnés sur la table basse. Avait-il prévu de me nourrir pendant une semaine ?

Le bungalow était petit, mais aussi sécurisé que possible. Je serais mis au courant à la seconde où quelqu'un voudrait activer un dispositif d'écoute ou une caméra.

Trevolo en avait installé plusieurs au fil des ans, mais l'avait amèrement regretté chaque fois que je les avais replacés dans les toilettes des quartiers de ses gardes. Cet homme ne savait pas que je piratais depuis que j'étais gamin, et que je travaillais avec les meilleurs pour améliorer mes compétences.

Je m'assis sur le canapé, tirai le premier plateau vers moi et soulevai les couvercles. L'arôme du poulet épicé se répandit dans l'air, et mon estomac protesta.

Finalement, j'avais faim.

Je mangeai quelques bouchées avant de dire :

— Parle. Il va bientôt falloir que tu t'en ailles.

Sebastian leva les yeux au ciel.

— Pour quelqu'un qui vient juste de me demander de dire à Trevolo d'aller se faire voir, tu sembles t'inquiéter de lui.

Je lui lançai un regard furieux.

— Arrête de gagner du temps, abruti.

— Il sait qu'Ana n'est pas Anastasia Ashton.

Je levai les yeux de mon assiette.

— Comment ?

— Il s'en doutait, depuis que sa garce de femme a fait une crise lors d'un essayage et qu'elle lui a demandé de garder un œil sur Ana. Il croit qu'elle est Nora, la fille de Sharibin Shah qui s'est enfuie.

Shah était un industriel indien qui dirigeait son organisation et sa famille d'une main de fer. C'était aussi un trafiquant de drogue et d'armes bien connu. Il y avait eu des rumeurs selon lesquelles Shah avait écarté Trevolo d'un contrat lucratif une ou deux fois.

— C'est tiré par les cheveux. Ana n'a rien à voir avec eux.

— C'est à cause de ses yeux. Combien connais-tu de personnes avec cette même nuance ambrée, ces yeux de tigre ? Elle ressemble aussi étrangement à la fille qui s'est enfuie d'un prétendu mariage arrangé.

Je digérai l'information.

— Donc, non seulement elle a été enlevée à cause de l'intérêt que je lui porte, mais aussi parce qu'elle ressemblait à la fille d'un rival ?

— Oui et non. C'est à cause de la jalousie de Catarina Trevolo qu'il l'a remarquée au départ. Le fait qu'elle ressemble au type de femmes indiennes autour desquelles tu gravites dans le harem lui offrait une opportunité commerciale et une raison de justifier son enlèvement. Le reste n'est qu'un bonus.

J'attendis, sachant que je n'allais pas aimer ce qu'il était sur le point d'ajouter.

— Regarde bien la dernière photo connue de Nora Shah.

Sebastian posa son téléphone sur la table à côté du plateau. Sans le moindre doute, Nora Shah était Anaya Anthony. Sa couleur de cheveux et son style de vêtements collaient avec sa vraie personnalité.

Je serrai les dents.

— Je jure que dès qu'elle se réveille, je vais la fesser.

— Tu n'es pas le seul à avoir plusieurs fausses identités. Selon sa supérieure, Ana est l'une des meilleures pour se fondre dans ses rôles, bien que la plupart du temps elle cache ses yeux avec des lentilles.

— Depuis quand as-tu le temps de te lier d'amitié avec un agent de Solon, et d'autant plus avec Briana Amici ?

Il haussa un sourcil et sourit.

— J'aurais dû m'attendre à ce que tu connaisses Bri. Et, pour répondre à ta question, j'ai travaillé avec elle sur de nombreuses affaires au fil des ans. Tu dois te rappeler que je suis d'Interpol, et Allemand, pas de la CIA américaine. Nous avons tendance à nous faire plus d'amis que d'ennemis lorsque nous travaillons avec d'autres agences pour atteindre notre objectif final.

— Va te faire voir.

— D'autres problèmes s'ajoutent à tout ça.

— Dis donc, tu es porteur de bonnes nouvelles aujourd'-

hui, répliquai-je avant d'inspirer un grand coup. Crache le morceau.

— Il est impossible que Trevolo gobe qu'elle est une captive ordinaire, fille d'un rival ou non.

— Mais, de quoi tu parles ?

— Tu as vu la vidéo comme tout le monde. Seule une personne entraînée au combat aurait su faire les mouvements qu'Ana a produits. Trevolo n'est pas un idiot. En plus, ce geste du pied pour remonter la lame et poignarder Chance, c'était un foutu truc de James Bond !

— Lara Croft, dit la voix faible et rauque d'Ana. Ou Selene d'*Underworld*[1]. Tu pourrais quand même choisir une femme dure à cuire pour me décrire, pas un imbécile d'agent des services secrets britanniques.

Elle s'appuya lourdement contre la porte menant à la chambre. Elle avait le visage rougi, et elle se cramponnait le flanc, là où se trouvaient les pires contusions.

Je me précipitai vers elle et la pris dans mes bras.

— Je pencherais plutôt pour Selene. Après tout, c'est une marchande de morts allemande. Nous, les Allemands, sommes de vrais durs à cuire.

Je jetai un coup d'œil agacé à Sebastian, et berçai la tête d'Ana contre mon cou.

— Tu m'as foutu une sacrée trouille.

— Je suis désolée, dit-elle en se blottissant contre moi. Je me suis fait peur aussi.

Je l'amenai au canapé où je m'assis, la gardant sur mes genoux. Je fermai les paupières et dis une prière rapide de remerciement avant de me caler dans le siège.

À compter de maintenant, je ne la quitterais plus jamais

des yeux. Cette maudite femme s'attirait des ennuis même quand elle faisait ce qu'on lui disait. Sa sécurité était pratiquement inexistante ici.

— Je veux qu'elle quitte cette île le plus vite possible. Sers-toi de tes relations, ou je ne sais quoi. Pour l'instant, tu es le valet préféré de Trevolo.

— Je ne suis le valet de personne, répliqua Sebastian, sans la moindre trace d'humour. Trevolo va vous faire surveiller, Ana et toi, non-stop à la seconde où il apprendra qu'elle est réveillée. La seule manière d'assurer sa sécurité est de jouer les rôles qui nous ont été attribués.

— Cette ordure va s'attendre à ce que je la partage, qu'elle soit rétablie ou non. Merde, c'est hors de question !

— Tu crois vraiment que je lui ferais du mal ? Tu as de la chance que je fasse peur aux autres autant que toi, et que personne n'ait contesté mon offre.

— Les gars, vous êtes vraiment en train de discuter de moi comme si je n'étais pas là ?

Ana remua, essayant de s'asseoir, mais je la retins.

— Merde. Reste tranquille, tu as une foutue plaie à la tête ! Je ne te laisserai pas te blesser à nouveau.

Elle me donna un coup de coude dans le ventre et glissa de ma prise, posant une main sur sa hanche.

— Merde ! Mais pourquoi ?

— Tu vois ça ? demanda-t-elle en abaissant l'épaule de ma chemise trop grande pour elle, exposant la petite cicatrice dentelée. J'ai repris le travail quelques jours après.

Je serrai les dents. On lui avait tiré dessus. Elle n'aurait pas dû être sur le terrain, mais à Vegas en train de diriger l'empire familial.

— Si tu ne veux pas mourir, je te suggère fortement de cesser de penser comme ça.

Sebastian attrapa le poignet d'Ana une seconde avant qu'elle ne m'assène un coup de poing au visage.

Elle grimaça sous la contrainte. Elle était loin d'être rétablie ou capable de gérer cette opération.

— Merde, Ana.

Je tendis la main vers elle, mais elle se précipita à l'autre bout du canapé.

— Je m'abstiendrais de la toucher à ta place. Tu as vu les mouvements de Selene qu'elle est capable de faire.

— Va te faire voir, Weber.

Le feu brilla dans le regard ambré d'Ana et mon sexe tressaillit. Il allait falloir que je me fasse examiner : sa colère m'excitait. Ç'avait toujours été le cas.

Sans maquillage, elle semblait tellement plus jeune que ses vingt-six ans. Mais pas moins belle. Je résistai à l'envie de l'attirer contre moi pour l'embrasser.

— Je ne suis pas impuissante, Ian. Je sais comment ça se joue.

L'attention d'Ana se reporta sur Sebastian.

— Puisque je t'ai entendu dire que tu connaissais Briana, je suppose qu'elle sait ce qui se passe ici.

— Je ne suis pas certain de savoir de quoi tu parles, tenta Sebastian, avant de se rattraper quand Ana lui jeta un regard noir. Oui, elle est au courant. Toute ton équipe l'est. C'est la raison pour laquelle ils ont fixé une date limite pour te faire quitter cette île.

— Quelle est l'heure d'arrivée prévue ? demanda Ana.

— Dans une semaine.

— D'accord, dit-elle avant d'inspirer profondément. Cela signifie donc que Trevolo voudra encaisser l'enchère pour la place de troisième.

— Oui.

Je repoussai le plateau dans sa direction pour la distraire.

Immédiatement, elle prit une fourchette et enfourna une bouchée. Nous parlerions des détails plus tard. J'étais certain qu'elle savait que Sebastian avait remporté l'enchère pour être mon troisième, surtout après qu'il avait dit qu'il ne lui ferait pas de mal.

Ana dévora la nourriture, prenant à peine le temps d'avaler. La seule chose à laquelle elle ne rechignait jamais, c'était manger. Elle adorait prendre de bons repas, et j'étais ravi que cela n'ait pas changé.

— Je dois dire que c'est rafraîchissant d'être auprès d'une femme qui aime manger, dit Sebastian en lui tendant une bouteille d'eau. Cela explique probablement tes fabuleuses courbes.

J'eus la nette envie de le frapper. Il avait dit ça exprès pour m'énerver.

Sa manière de flirter avec elle à l'université m'agaçait déjà, mais j'avais laissé courir, car Ana ne semblait pas s'en rendre compte. Aujourd'hui, c'était une autre histoire. Il allait pouvoir goûter à ce qui m'appartenait.

— Merci, répondit Ana, dont le regard oscilla entre Sebastian et moi, avant qu'elle ne secoue la tête. C'est le seul point positif sur cette maudite île. Le chef est excellent.

La montre de Sebastian bipa.

— C'est mon signal pour retourner à la maison principale. Une question avant que je ne parte ?

Je levai un sourcil et attendis.

— Comment allons-nous présenter tes capacités de tueuse de Lycans ?

— C'est facile, répondit Ana entre deux bouchées. Nora Shah est une fervente partisane des arts martiaux mixtes et s'entraîne régulièrement avec certains des meilleurs professeurs au monde. Son père avait la conviction que chacun de ses enfants devait apprendre un type d'activité extrascolaire. Alors, au lieu de choisir quelque chose d'acceptable pour la société indienne élitiste, comme le piano ou la couture, elle a opté pour le taekwondo. Si Trevolo a enquêté de manière assez approfondie sur Nora, comme nous devons le supposer, cela ne devrait pas le surprendre que j'aie de telles capacités.

Sebastian et moi regardâmes Ana comme si c'était une femme totalement différente. Puis, Sebastian rompit le silence en éclatant d'un rire tonitruant.

— Bon sang, Ana, tu as vraiment toutes les réponses.

Puis il tourna les yeux vers moi.

— Tu ferais mieux de l'épouser avant que je ne te la vole.

— Ne m'oblige pas à te tuer, Weber. Va-t'en. Je veux être seul avec ma fiancée.

Le sourire en coin sur son visage indiquait qu'il se moquait de moi. S'il n'avait pas été mon meilleur ami, je lui aurais refait le portrait.

Sebastian se leva et se dirigea vers la porte.

— On se voit à la maison plus tard. Trevolo a parlé d'un divertissement spécial. Ce devrait être intéressant.

Anaya

Adrian garda le silence pendant quelques minutes, après le départ de Sebastian, apparemment perdu dans ses pensées, ce qui me laissa suffisamment de temps pour finir de manger.

— Tu vas bien ? lui demandai-je quand le silence me devint insupportable.

— Oui.

— Alors, je suppose que c'est Sebastian qui a remporté l'enchère.

— Tu as entendu, n'est-ce pas ?

En fait, j'avais entendu beaucoup de choses. Il était tellement perdu dans sa discussion avec Sebastian à mon sujet qu'il n'avait même pas remarqué que j'en avais écouté la plus grande partie.

Un léger pli se forma entre ses sourcils.

— Est-ce que tu vas être d'accord avec ça ?

Il ne répondit pas et me demanda à la place :

— Est-ce que, toi, tu vas être d'accord avec ça ?

— Je n'ai pas le choix. On pourrait être deux à jouer à ce petit jeu.

Il me lança un regard noir.

— Ce ne sera qu'une seule fois.

— Vous avez déjà partagé des femmes avant.

Ce qui me rendait un peu dingue, c'était de savoir qu'il était expert dans ces trucs à trois. Combien de femmes avait-il partagées avec Sebastian ou avec un autre homme ? Avais-je vraiment envie de connaître la réponse ? Non. Certainement pas.

— Elles n'étaient pas *toi*, dit-il en se retournant. Je reviens tout de suite, finis de manger.

Super. Géniale, la conversation. Je posai ma fourchette sur l'assiette et me levai. Je fus prise d'un vertige qui se calma aussi vite qu'il était venu. Je retournai dans la chambre et entendis l'eau couler dans la salle de bains.

L'odeur de lavande arriva jusqu'à mon nez, et je compris qu'Adrian était en train de me préparer un bain.

Quand j'entrai dans la pièce, je trouvai Adrian cramponné au comptoir près du lavabo. Il avait la tête penchée et les yeux fermés.

J'avançai derrière lui et glissai les mains sur son ventre, ce qui le fit sursauter.

— Comment fais-tu ça ? Tu es la seule personne qui peut me surprendre.

Il se tourna, m'attrapant par la taille pour me coller à lui.

Je laissai tomber ma tête sur sa poitrine, inspirant son odeur réconfortante.

— Des années de pratique.

— Prête pour un bain ?

— Mon Dieu, oui.

Je ne m'étais pas rendu compte à quel point je me sentais sale avant qu'il ne pose la question.

— Alors, allons-y.

Aussitôt, il fit passer ma chemise par-dessus ma tête et la jeta sur le sol.

Il contracta la mâchoire en étudiant les contusions sur mon visage.

Prenant sa joue, je lui dis :

— Je marque facilement. Tu l'as toujours su. Ils s'estompent tout aussi vite.

— Je n'étais pas là pour te protéger.

— Ce n'est pas ta faute.

— Sur ce point, nous serons d'accord pour ne pas être d'accord, lança-t-il en m'accompagnant jusqu'à la baignoire. Grimpe.

Avec l'aide d'Adrian, je montai dans le jacuzzi géant dans lequel cinq personnes pouvaient tenir, empli de mousse.

Je m'installai et, me servant d'une tasse posée sur le rebord, je versai de l'eau chaude sur ma tête et mon visage. Lentement, la chaleur s'infiltra dans ma peau et mes muscles commencèrent à se relâcher.

— Tu ne viens pas avec moi ?

— Tu es sûre que tu en as envie ?

C'était une question idiote, mais je savais qu'il se sentait terriblement coupable de ce qui était arrivé. Cet homme ne savait pas que ce n'était pas la première fois que je me faisais botter le cul. Je garderais cette information pour moi, de peur de lui déclencher un AVC.

Je lui tendis la bouteille de shampoing.

— Monte, et lave-moi les cheveux.

Il me regarda, comme s'il pesait le pour et le contre, pour savoir s'il devait m'obéir.

Je haussai un sourcil et secouai la bouteille.

— J'attends.

Il soupira profondément et passa sa chemise par-dessus sa tête.

— Femme têtue.

Bon sang, cet homme était vraiment l'incarnation de tous les fantasmes, ou l'illustration parfaite d'un calendrier de policiers sexy.

— Arrête de me regarder comme ça. Je ne ferai rien d'autre que de t'aider à prendre ton bain.

Son pantalon suivit. Bon sang, j'adorais cette manie qu'il avait de ne jamais porter de sous-vêtements. Il n'était pas excité, loin de là, mais son sexe était quand même un spectacle à voir. Si seulement j'avais eu l'énergie de le réveiller… Avec ma bouche.

— Décale-toi.

Il entra derrière moi, plaçant une jambe de chaque côté, son sexe reposant contre la courbe d'une de mes fesses.

Il me lava les cheveux, me massa le cuir chevelu et me rinça. Il avait vraiment des mains magiques.

Récupérant un gant de toilette à proximité, il versa du savon dessus et entreprit de me laver le corps. Le temps qu'il termine, mes mamelons étaient dressés et mon clitoris, enflé.

Je respirais par petits halètements.

Le pénis d'Adrian réagit au nouveau rythme de ma respiration, il durcit et s'épaissit le long de ma colonne vertébrale.

— Ian, gémis-je.

Il reposa le gant de toilette sur le côté et agrippa le rebord de la baignoire, laissant retomber sa tête en arrière.

— Je ne te prendrai pas tant que tu ne seras pas guérie.

— Je t'en prie.

— Ana, je ne veux pas te faire de mal.

C'était fou. Il était capable de me fesser, de me dominer, de me sauter de toutes les manières possibles, mais l'idée de m'infliger intentionnellement une douleur inutile lui était intolérable.

— Très bien.

Je me plaquai contre son torse, veillant à ce que son sexe glisse entre mes replis intimes.

Il m'agrippa les hanches pour m'immobiliser.

— Arrête !

— Ian, je t'en prie, suppliai-je en prenant l'une de ses mains pour la glisser entre mes jambes. J'ai besoin de toi.

— Ana, tu ne comprends pas. Je vais te faire du mal. Je suis incapable d'être doux.

Ses doigts se mirent à caresser ma fente de haut en bas.

— Je ne suis pas fragile.

Je me soulevai puis m'empalai sur ses doigts, et haletai.

— Merde, Ana.

Il se retira, puis plongea de nouveau en moi.

— Je vais te donner du plaisir, mais ma queue restera là où elle est.

— Entre mes jambes.

— Ana !

Son ton se voulait une mise en garde, mais il continua de caresser mon sexe, plongeant en moi avant de ressortir, tandis que son pouce tournait autour de mon clitoris pour le taquiner.

J'agrippai sa nuque, me cambrant pour pouvoir saisir sa longueur chaude et dure avec mon autre main.

— Merde. Oui. Comme ça.

Il se cambra contre ma main.

Je le pompais au même rythme que celui qu'il imprimait entre mes jambes.

— Jouis, Ana. Jouis pour moi.

Comme sur commande, mon corps se contracta et mon esprit fut embrumé par mon extase. Mon sexe se raidit en ondulations violentes, me plongeant dans le plaisir.

Quand je redescendis enfin, je me rendis compte que mes doigts tenaient toujours le sexe d'Adrian et que sa respiration était irrégulière.

— Je vais vraiment te fesser avec un *paddle* pour ça.

— Tu te rends compte que ça va totalement à l'encontre de ce que tu as dit tout à l'heure, que tu ne voulais pas me faire de mal ?

— Il y a une différence. Quand j'utilise le *paddle*, ça finit par te faire jouir partout sur moi.

— Je ne peux pas te contredire sur ce sujet.

———

Adrian

Ana et moi arrivâmes dans la maison principale un peu avant 9 heures du soir. J'avais fait exprès d'éviter le dîner officiel, sachant que Trevolo essaierait de s'en servir pour me séparer d'Ana. Son règlement intérieur stipulait que les esclaves et leurs maîtres dînaient séparément. Il était hors de question que je laisse un autre penser qu'il pouvait la toucher. Peu importait la manière dont elle s'était défendue, son état actuel la laisserait totalement impuissante.

— Arrête de t'inquiéter.

— Ana, ne me défie pas. N'oublie pas que tu es mon esclave. Ne laisse personne penser que tu ressens plus pour moi que ce qu'un esclave doit à son maître.

— Qu'est-ce qui te fait croire que je ressens quoi que ce soit ?

Je lui jetai un regard noir.

— Parce que je te connais mieux que n'importe quelle autre personne sur cette Terre.

— Peu importe.

— Pour info, je ressens la même chose pour toi.

Elle me regarda avec surprise.

Avant qu'elle ne puisse répondre, je l'entraînai dans le couloir menant au salon.

Plus nous nous approchions de la pièce, plus les bruits de la musique et de sexe étaient forts. À la seconde où nous franchîmes le seuil, Ana se figea. La moitié de la salle s'adonnait à des activités sexuelles. Il y avait des femmes installées entre les jambes de certains invités, pratiquant des fellations, pendant que d'autres se faisaient prendre dans toutes les positions imaginables.

C'était l'hédonisme poussé à son paroxysme.

Sebastian était assis au bar, sans paraître le moins du monde perturbé par ce qui se déroulait autour de lui. Il croisa mon regard et sourit, puis se tourna pour dire quelque chose au barman.

Ana passa son bras autour du mien.

— C'est quoi, ce bordel ?

— Trevolo partage son harem d'esclaves pour la nuit en guise de remerciement pour avoir participé aux enchères.

— As-tu déjà participé à cela ?

Je gardai le silence, sachant qu'elle pourrait péter les plombs si je lui disais la vérité. Vérité qu'elle avait déjà comprise.

— Je prends ça comme un oui.

Puis, elle dit dans la langue maternelle de son père, le gujarati :

— *Il était tout énervé à l'idée que je couche avec un autre homme pour ma mission, et il s'est sans doute envoyé la majeure partie du harem de Trevolo. Les hommes et leurs foutus « deux poids, deux mesures ».*

Il me fallut de gros efforts pour garder un visage impassible. Son indignation était comique.

Ma sœur, Penny, était trilingue. Elle parlait grec, l'anglais et la langue de sa mère, le gujarati. Je trouvais injuste qu'elle puisse parler de moi dans mon dos, alors j'avais suivi des cours. Aujourd'hui, j'étais vraiment heureux de l'avoir fait.

— *Aucun homme ne veut que sa femme couche avec un autre.*

Même si la femme n'est pas convaincue qu'elle lui appartienne encore.

— Comme je l'ai dit, « deux poids, deux mesures », répliqua-t-elle avant de marquer un temps d'arrêt, inclinant la tête quand elle se rendit compte que je lui avais répondu en gujarati.

— Merde, j'avais oublié que tu avais appris cette langue parce que tu croyais que Penny, Henna et moi parlions de toi quand nous étions enfants.

— Est-ce que tu te moques de moi ? J'avais dix ans… qui sait ce que vous racontiez !

— La seule personne dont nous parlions, c'était de ta folle de mère.

— Je n'avais pas besoin d'apprendre une nouvelle langue pour le deviner.

Je sentis la question qu'elle avait envie de poser, mais sans oser. Comment arrivais-je à gérer ma mère, et toute cette histoire ? Elle ne savait sans doute pas que j'avais coupé les ponts avec elle et que des gens surveillaient ses communications, si bien qu'elle limitait ses frasques au minimum.

— Monsieur, Maître Trevolo vous demande de rejoindre le groupe au salon.

Un préposé s'approcha de nous et nous fit signe de monter les marches pour aller dans l'espace principal.

Nous passâmes devant un homme qui gémissait son orgasme en maintenant la tête d'une courtisane sur son sexe.

Je balayai la pièce du regard et vis Silas Finn dans un coin, avec la fille du harem qui avait sa préférence, Victoria.

Elle était son esclave préférée à chaque visite et, vu la façon dont elle l'embrassait en le chevauchant, j'aurais dit que le sentiment était réciproque.

Puis, j'aperçus Trevolo à moitié nu, une blonde penchée sur une table basse pendant qu'il la prenait. Elle était encore quasiment tout habillée. Un groupe de messieurs près d'eux se masturbaient.

Je guidai Ana vers Sebastian, mais elle était concentrée sur Trevolo.

— C'est sa principale maîtresse. Il se tape toutes les femmes du harem, mais c'est celle qu'il préfère.

— Mais, qu'en est-il d'Ele ?

— Trevolo ne la partagera avec personne. Enfin, sauf en dernier recours.

— *Nous emmenons Ele avec nous*, dit Ana en repassant au gujarati.

— *C'est prévu*, répondis-je, puis je repassai à l'anglais en approchant de Sebastian. Tu n'as pas envie de participer à la fête ?

Sebastian haussa un sourcil.

— J'ai acheté une nuit avec le trophée. Je n'ai besoin de rien d'autre.

— Je ne pourrais pas être plus d'accord. Qui a besoin d'autre chose que la fiancée ?

Trevolo s'avança vers nous.

Il était en train de remonter son pantalon, et un serveur lui apporta un bol pour se laver les mains, ainsi qu'une serviette. Je jetai un coup d'œil par-dessus son épaule et vis sa maîtresse grimper sur le membre d'un des hommes qui l'avaient observée, tandis qu'elle en prenait un autre dans sa bouche et qu'un troisième s'enfonçait en elle par-derrière.

Elle semblait apprécier ce qu'elle faisait. Il y avait une énorme différence entre choisir de vivre cette vie et y être contrainte.

— Combien de temps avant qu'elle ne soit rétablie ?

Trevolo étudia Ana et leva une main pour toucher son visage. Mais il la retira quand il me vit avancer vers lui.

— Je dirais encore quelques jours, tout au plus.

Ana posa les yeux sur moi.

— Votre fiancée est effrayée, gloussa Trevolo. Elle perdra cette crainte bien assez tôt.

— Elle me paraît plutôt curieuse, intervint Sebastian en se tournant vers nous. Je suis convaincu que son maître la prépare comme il se doit.

— Pourquoi ne feriez-vous pas plus ample connaissance, tous les trois ?

Trevolo fit un geste en direction d'une partie de la pièce qui n'était pas occupée, avec des fauteuils positionnés en cercle.

L'ordure. Il voulait un spectacle avec elle.

— Elle ne s'est pas encore remise.

Je gardai Ana à mes côtés.

Trevolo sourit.

— Il y a une différence entre demander à votre esclave de vous satisfaire, et lui donner du plaisir. *Herr* Weber saura la combler sans lui faire de mal.

Je ne pourrais pas remporter cette foutue victoire. Bon sang, j'espérais qu'Ana était prête pour ça.

— Ana, cela te dérangerait-il que je t'escorte à ce siège ? lui demanda Sebastian en lui prenant la main.

Elle s'accrocha plus fort à mon bras et, si je ne disais rien, cela ne ferait que donner des munitions à Trevolo pour m'emmerder.

— Vas-y, Ana. Weber va te mettre à l'aise. Il sait ce qui est permis et ce qui ne l'est pas.

Elle hésita, comme Trevolo s'y attendait.

— Ana, l'avertis-je.

Elle se mordit la lèvre et hocha la tête, se laissant entraîner par Sebastian.

— Ne me regardez pas comme ça, mon ami. Weber attend pour réclamer son dû qu'elle soit totalement remise. C'est le moins que vous puissiez faire. En plus, c'est elle qui en profite.

J'arborai un masque sans émotion.

— Soit. Ne me faites plus de coup foireux. Vous avez bien trop besoin de mon père et de moi pour prendre le risque que je vous retire notre aide.

— Je vois cela comme une relation mutuellement bénéfique. Si je n'avais pas été là, vous n'auriez pas votre fiancée. C'étaient les yeux, n'est-ce pas ? C'est ça qui vous a attiré chez elle.

— Ses yeux sont capables de capturer un homme.

— Il y a également une autre raison qui fait d'elle un trophée.

Je le fixai, attendant qu'il continue.

— Elle s'appelle Nora Shah. Elle est la fille de…

Je terminai à sa place.

— Sharibin Shah. Je le savais déjà.

Trevolo ne put dissimuler sa surprise.

— Étiez-vous au courant de cela en Italie ?

— Je m'en doutais, mais son histoire était cohérente. Puis, quand je suis arrivé ici, j'en ai eu la confirmation.

— Je comprends maintenant la raison de votre achat. Vous prévoyez de la renvoyer à son père quand elle sera usée.

Sharibin Shah avait la réputation de vouloir que sa progéniture soit gardée sous clé jusqu'à ce qu'il organise des rencontres avantageuses. Il attendait de ses enfants qu'elles restent vierges, et il les faisait suivre pour s'en assurer. Une fille prostituée serait un camouflet et lui ferait perdre toute valeur à ses yeux.

J'avais cru à cette histoire, jusqu'à ce que j'apprenne qu'il s'agissait d'une famille de couverture pour Ana. Maintenant, j'étais époustouflé de voir à quel point Solon allait loin pour atteindre ses objectifs finaux.

— Je la renverrai une fois que j'aurai consommé le prix d'achat de son corps.

Je me retournai vers Sebastian et Ana.

Il l'avait assise sur le canapé, sa robe remontée sur ses cuisses. Je serrai les dents.

Cela fait partie du jeu, abruti.

— Je crois que je vais aller rejoindre ma fiancée et diriger la scène comme bon me semble.

J'abandonnai Trevolo pour rejoindre Sebastian et Ana. Quelques hommes et femmes détournèrent leur attention vers moi et ma destination, mais je ne pouvais pas montrer à quiconque que j'étais dérangé par ce qui allait se dérouler, ou par le fait que la plupart d'entre eux allaient regarder Ana se faire toucher par un autre.

Le regard inquiet d'Ana rencontra immédiatement le mien lorsque je pris place en face d'elle et de Sebastian.

— Ta fiancée est timide, dit Sebastian en soulevant l'ourlet de sa robe plus haut.

— C'est parce qu'elle sait qu'elle m'appartient.

— Ça te dérange si je goûte ?

Avec n'importe quelle autre femme, je lui aurais dit d'y aller, mais il s'agissait d'Ana. *Mon* Ana.

Jusqu'à ce jour, j'avais été le seul homme à la toucher, la goûter, la prendre.

— Pour son plaisir seulement. Ne la mets pas mal à l'aise. Elle n'est pas prête pour ce que tu aimes.

— Compris.

Sebastian fit glisser ses doigts le long des bras d'Ana, sur ses épaules, puis redescendit entre ses seins.

— Ana, tu ne jouis pas avant que je ne te le dise, l'avertis-je. Est-ce que je me suis bien fait comprendre ?

Elle acquiesça, puis gémit quand Sebastian abaissa une bretelle de sa robe et saisit son mamelon dans sa bouche. Elle cria quand il en mordit le bout, enfonçant ses ongles dans les accoudoirs du fauteuil.

Mon sexe durcit en entendant les bruits de son désir. C'était tellement pervers.

Sebastian relâcha un bourgeon parfaitement tendu et répéta le processus sur l'autre. Ana se cambra et se mordit la lèvre. Son magnifique visage était rougi.

Elle soutint mon regard, tourmentée par le fait de devoir accomplir cet acte et d'y prendre du plaisir en même temps.

J'avais envie de l'embrasser, lui dire que tout allait bien, que Sebastian s'occuperait d'elle, mais je ne pouvais pas.

Il relâcha son téton avec petit bruit et remonta ses bretelles avant de se déplacer plus bas.

— J'ai eu envie de te goûter depuis que je suis entré et que je t'ai vue sucer tes fluides sur les doigts de Bonaparte.

Sebastian ramena les hanches d'Ana vers lui et se colla à son sexe. Elle haleta et gémit, fermant les yeux. Sebastian léchait et suçait son clitoris, se régalant d'elle. Il glissa une main entre ses replis intimes et enfonça son pouce entre ses fesses, et un doigt dans son intimité dégoulinante. Dedans, dehors, dedans, dehors, il la sautait.

— Maître. Aide-moi.

Elle criait, et je savais qu'elle était en train de se perdre dans son désir.

— Jouis, Ana. Montre à Weber ce qu'il n'aura que pour une nuit.

Ana hurla, secouant la tête d'un côté à l'autre, savourant son extase tandis que Sebastian la sautait avec sa bouche.

Après quelques instants, il se retira, s'essuyant sur sa manche de sa chemise et redressant la robe d'Ana.

— Viens ici, Ana.

Elle ouvrit les yeux, encore vitreux après son orgasme, et se redressa sur ses jambes flageolantes.

Elle prit la main que je lui offris et glissa sur mes genoux, fermant les paupières.

CHAPITRE
Treize

Anaya

— Tourne-toi et mets-toi à quatre pattes, murmura la voix profonde d'Adrian dans mon oreille alors que je me réveillais pour ce qui semblait être la dixième fois ce soir.

— Ian, gémis-je, sentant mon excitation s'accumuler entre mes jambes.

Comment pouvais-je être excitée alors que je venais juste de me réveiller ? Cet homme était une foutue machine. Il m'avait déjà prise cinq fois. Il ne pouvait plus avoir la moindre goutte de semence en lui. Il était sérieusement décidé à me marquer sur tout le corps avant que Sebastian ne se joigne à nous demain soir.

J'entendis le « pop » du bouchon d'un flacon, et je serrai immédiatement les fesses.

—Encore ? gémis-je.

Il avait pénétré mon entrée interdite plus tôt dans la

soirée. Même si j'avais apprécié plus que je n'aurais voulu l'admettre, je n'étais pas certaine d'être prête pour un nouveau *round*. Il avait un sexe imposant, et mon derrière ne s'était pas tout à fait remis.

— Oui. Je rattrape le temps perdu. Tes fesses sont une œuvre d'art et je veux m'y enfouir.

J'ouvris la bouche pour protester, mais il me retourna sur le ventre et remonta mes hanches vers l'arrière.

— Ian, haletai-je en le regardant par-dessus mon épaule.

Il me frappa la fesse, fort. Et, au lieu de crier sous le coup de la douleur, une plainte m'échappa.

— Tu en as envie tout autant que moi.

Je ne pouvais pas nier la vérité. Avec Adrian, c'était comme si tous mes fantasmes les plus cochons prenaient vie. Même si nous étions dans le dernier endroit où j'aurais voulu les vivre.

— Tu es prête ?

Il étala du gel frais sur mon entrée froncée.

— Si je dis oui, tu me laisseras dormir après ?

Il caressa l'anneau de muscles serré avec la tête épaisse de son membre.

— Si je disais oui, je mentirais. Je prévois de te prendre encore au moins une fois ce soir.

— Oh, bon Dieu ! m'exclamai-je à travers mes dents serrées alors qu'il se frayait un chemin en moi.

J'inspirai à fond, cherchant à détendre mes muscles et à rendre les choses plus faciles, pour lui et pour moi. Il avança par lentes poussées jusqu'à la garde.

Puis il me poussa en avant jusqu'à ce que je sois étendue sur le ventre, son corps recouvrant le mien.

Il me mordilla l'épaule tout en me pilonnant.

— Tu n'as aucune idée du nombre de nuits où j'ai fantasmé sur toi comme ça. Tu m'appartiens, Ana, et peu importe ce que nous ferons demain.

Il interrompit ses coups de reins et mêla ses doigts aux miens.

— Me pardonneras-tu de ne pas t'avoir protégée de cela ?

L'afflux d'émotions dans sa voix me fit relever la tête et la tourner pour le regarder.

Son regard émeraude était en fusion, même dans l'obscurité de la nuit.

— Ni toi ni moi n'aurions souhaité ça, mais ce n'est pas ta faute. Sache que tu es le seul homme que je veux. Le seul homme que j'ai toujours voulu.

Mes mots parurent apaiser le tourment qui l'habitait et il posa son front contre le mien avant de m'embrasser et de reprendre ses coups de reins.

Il relâcha ensuite une de mes mains, pour glisser la sienne entre le matelas et mon corps, jusqu'à mon clitoris. Il frotta le faisceau de nerfs sensibles en me pénétrant par-derrière. Mon intimité se mit à frémir et se contracter.

J'agrippai les draps quand l'orgasme fusa.

— Oui, prends-moi, Ian ! Plus fort !

— Putain, putain, merde ! Je ne peux plus me retenir. Jouis, bébé, jouis avec moi.

Quelques caresses supplémentaires de son doigt eurent raison de moi, et je me perdis dans l'oubli du plaisir, Adrian me suivant quelques coups de bassin plus tard.

CHAPITRE
Quatorze

Anaya

La nuit suivante, Adrian, Sebastian et moi entrâmes dans le bungalow. Je m'installai dans le coin du salon près du canapé, comme Adrian me le demanda.

Mon pouls était irrégulier, à cause d'un mélange d'anticipation et de désir. Cela allait être tellement différent de cette première nuit sur l'île avec Adrian, ou de ce que Sebastian m'avait fait l'autre nuit.

Je n'arrivais pas à croire qu'un autre homme allait me prendre. Cela n'avait pas d'importance que Sebastian m'ait déjà fait jouir avec sa bouche. Je pénétrais dans un nouveau territoire.

Ma peau se hérissa à la seconde où la porte se referma. L'air de la pièce était lourd de tension sexuelle.

Adrian se rendit dans un coin de la pièce où il déposa

un petit objet de la taille d'une épingle sur le dessus d'une bibliothèque.

— Active le flux, murmura Sebastian.

— C'est fait, dit Adrian qui s'avança vers moi.

Ses yeux étaient de couleur émeraude.

Était-il d'accord avec ça ? Pourrions-nous gérer les conséquences de l'arrivée d'une autre personne dans notre relation, même pour une nuit ?

D'un doigt, Adrian inclina mon visage et s'abaissa pour mordre ma lèvre inférieure, lui donnant une légère piqûre.

Mon corps réagit instantanément.

— Arrête de t'inquiéter. Je sais à qui tu appartiens, et toi aussi.

Je hochai la tête sans le quitter des yeux.

Adrian passa la main dans son dos et tira un bandeau de soie d'un rouge profond.

Où avait-il trouvé ça ?

Je repoussai cette pensée. Mieux valait que je l'ignore.

Il me couvrit les yeux, me bloquant totalement la vue, puis noua le bandeau derrière ma tête. Immédiatement, mes sens s'éveillèrent et une vague d'anxiété me submergea. Le parfum enivrant des deux hommes imprégnait la pièce. C'était comme se rouler dans du chocolat et du cognac.

— Je veux que tu ressentes, que tu profites. Ce sera la seule fois de ta vie où tu pourras expérimenter ce que c'est que d'avoir deux hommes qui te vénèrent en même temps.

J'étais sur le point de lui demander s'il voyait un avenir pour nous, mais il me serra la mâchoire.

— Cela ne se termine pas ici, Ana. Je suis le seul qui te touchera pour le reste de ta vie. Tu m'appartiens.

Mon souffle devint plus court et mes lèvres tremblèrent.

Sebastian se plaça derrière moi et fit glisser un doigt le long de ma colonne vertébrale.

— Tu es prête, Ana ?

J'expirai et hochai la tête.

— Oui.

Ils se rapprochèrent, et la chaleur de leurs corps, leur masculinité brute, me submergea.

Bon sang. Nous n'avions même pas commencé et je faisais un trip dans ma tête.

Prenant mon visage dans ses mains, Adrian me dit avec une nuance dans la voix que je n'avais jamais entendue auparavant :

— Ana, tu feras tout ce que Weber et moi te dirons. Il connaît parfaitement les limites. Tu ne discuteras pas. Est-ce que je me fais bien comprendre ?

— Oui,

— Bien. Tu peux la satisfaire.

Adrian s'éloigna. Je tendis la main pour l'attraper, mais il m'avertit :

— Ana.

Un frisson me parcourut l'échine tandis que je me retirais et attendais de voir ce que Sebastian allait faire.

— Chut.

Sebastian souleva mes cheveux qu'il plaça sur une épaule, puis m'embrassa dans le cou une seconde avant de me lécher jusqu'à mon oreille.

— Oh, ne pus-je m'empêcher de gémir.

— C'est ça, Ana. Profite. Laisse-moi te donner du plaisir.

Il accrocha les bretelles de ma robe avec ses pouces, puis les tira le long de mes bras. Il laissa retomber le tissu sur le tapis.

— Tu as vraiment le corps d'une Aphrodite, en chair et en os.

Il fit courir ses phalanges sur mes flancs, sur mon ventre et jusqu'à la pointe de mes seins. Il pinça fermement mes mamelons froncés, presque à la limite du trop, puis les relâcha.

Je me mordis la lèvre, réfrénant une plainte.

— Non, Ana. Je veux entendre chaque son, chaque gémissement, chaque cri.

Il répéta sa délicieuse torture sur mes bourgeons sensibles et, cette fois, je criai.

— Oh, bon sang !

Je serrai les poings sur les côtés, espérant garder mon équilibre.

— C'est tout ? demanda-t-il alors qu'il dérivait plus bas, jusqu'au bord de mes lèvres intimes. Donne-moi ta main. Nous devons l'utiliser à bon escient.

Sans réfléchir, je lui obéis, et il poussa mes doigts dans mon intimité détrempée, faisant rouler mon clitoris.

— Dommage que ton sexe magnifique me soit interdit. Je me serais régalé à me perdre au creux de ton intimité douce et étroite.

Mes jambes faiblirent alors que mon vagin se contractait, réclamant une libération.

— S'il te plaît, je dois jouir. Laisse-moi jouir.

Sebastian glissa un bras autour de ma taille, me serrant contre lui, sa verge imposante se moulant contre mon dos.

— Alors jouis, Ana. Laisse-toi aller, murmura-t-il dans mon oreille, en serrant mon nœud clitoridien entre mes doigts.

Je gémis, sentant la pression monter en moi, mais sans pouvoir la libérer. Pourquoi n'arrivais-je pas à lâcher prise ?

Ce fut à ce moment que je sentis la présence d'Adrian.

— Jouis pour nous, bébé. Tout va bien.

Il prit mon sein et en porta la pointe à sa bouche, tandis que Sebastian faisait travailler ma main contre mon clitoris.

Adrian me mordit le mamelon et j'explosai aussitôt.

— Oh mon Dieu, oh mon Dieu, oh mon Dieu !

Mon sexe se contracta, et inonda mes doigts et ceux de Sebastian.

Adrian lécha et mordilla ma poitrine jusqu'à ce que mon orgasme reflue et que mon esprit revienne au présent.

— Apparemment, elle ne peut pas jouir sans toi.

Sebastian fit glisser ma main de ma fente et l'amena jusqu'à ses lèvres, suçant chacun de mes doigts jusqu'à ce qu'ils soient propres. La succion déclencha un picotement sur ma peau.

— Je t'ai dit qu'elle m'appartenait.

La satisfaction était évidente dans le ton d'Adrian.

— Effectivement, répondit Sebastian en m'écartant d'Adrian. Mais, pour l'instant, elle est à moi.

Il me fit tourner, glissa les doigts dans mes cheveux et m'attira vers lui. Ses lèvres étaient douces, plus douces que ce à quoi je m'attendais. Il m'embrassa avec de lents baisers, n'allant pas plus loin que quelques passages de sa bouche.

— Tu as le goût d'un vin décadent. Pas étonnant qu'il ne puisse pas se passer de toi.

J'étais incapable de répondre. Les paroles de Sebastian me séduisaient, déclenchant des sentiments que je n'avais jamais ressentis que pour Adrian.

Il m'embrassa à nouveau, mais cette fois avec plus de force, de passion… *plus*, simplement. Sa langue roula et caressa la mienne, embrumant mon esprit.

Je passai les bras autour de ses épaules, me perdant dans l'étreinte, profitant de cet homme qui n'était pas le mien. Pendant que celui qui m'appartenait nous observait.

Sebastian se recula et m'embrassa sur le front.

— Tu es tout à fait extraordinaire. Viens avec moi. Je veux sentir ta langue me caresser.

J'hésitai, puis Adrian me dit :

— Vas-y, petite colombe. Je ne vais nulle part.

Je hochai la tête et laissai Sebastian me guider vers ce que je supposais être le canapé.

— Agenouille-toi.

Il m'aida à m'installer sur un coussin posé au sol.

Sans réfléchir, je m'appuyai sur mes talons et posai mes paumes sur mes genoux.

J'entendis les deux hommes inspirer brusquement.

— Elle est parfaite, putain.

Sebastian frotta son pouce sur ma lèvre inférieure.

— Je sais.

La voix rauque d'Adrian me donnait la confiance nécessaire pour continuer sans inquiétude. J'étais convaincue que ce qui se passait l'excitait.

Tendant la main en avant, je fis remonter mes paumes le

long des jambes du pantalon de Sebastian. Son membre était rigide, épais et dur, contre l'intérieur de sa cuisse.

Bon sang. Il était aussi imposant que celui d'Adrian.

L'espace d'un instant, une vague de panique m'envahit à l'idée d'avoir ces deux hommes en moi. Cela ne pourrait pas marcher sans que je ne sois déchirée.

— Ça passera, me dit Adrian, lisant dans mes pensées.

Comment faisait-il ça ?

Je me tournais vers l'endroit où il était assis.

— Je n'en suis pas si sûre.

— Moi, si.

Je ne voyais pas son expression, mais je pouvais affirmer sans le moindre doute qu'il arborait un rictus.

— Laisse-moi t'aider à te familiariser avec mon membre. Ça pourrait t'aider à moins t'en faire.

Sebastian libéra son érection, enroula mes doigts autour de sa circonférence, et commença à pomper de haut en bas.

— Ouvre, Ana.

Il me saisit la nuque et m'amena au bout de son sexe.

Écartant mes lèvres, j'engloutis la grosse tête bombée, ne la prenant que partiellement.

Sebastian avait un goût très différent de celui d'Adrian. Il n'était ni meilleur ni pire, juste différent.

Je léchai la veine épaisse le long de son érection et remontai, puis je l'enveloppai davantage en redescendant. J'avalai, ouvrant l'arrière de ma gorge pour ne pas m'étouffer.

— C'est ça, prends-le profondément, m'ordonna Adrian, m'offrant cet encouragement que je ne pensais pas avoir besoin. Sers-toi de ta langue vicieuse comme je te l'ai appris. Fais en sorte qu'il rêve de cette nuit pour le restant de ses jours.

Pendant que je caressais Sebastian avec ma bouche et ma main, Adrian me donnait des instructions lentes et me félicitait. Au bout de quelques instants, je n'entendais plus ses ronronnements ; je me concentrais uniquement sur les doigts de Sebastian dans mes cheveux et sur la douleur qui augmentait dans mon ventre.

Jamais encore je n'aurais imaginé prendre du plaisir à satisfaire un autre homme qu'Adrian. Mais, il y avait quelque chose chez Sebastian. Je n'allais pas me mentir à moi-même en prétendant qu'il ne m'attirait pas. Et l'excitation qui dégoulinait entre mes cuisses m'aurait trahie si j'avais songé à faire croire le contraire.

Je me souvins du petit intérêt éprouvé lorsque nous nous étions rencontrés pour la première fois à l'UNLV et, sans aucun doute, lorsqu'il était arrivé sur l'île. Il était sexy, sombre et mystérieux. De plus, l'accent allemand ajoutait à son charme.

Le sexe de Sebastian devint plus dur et, à ma grande surprise, plus épais.

— Merde, je vais jouir. Prends tout, dit-il d'un ton dur en serrant mes cheveux et en me tirant vers le bas avec force, frappant le fond de ma gorge alors qu'il jouissait en vagues épaisses et violentes.

J'avalai encore et encore. Bon sang, mais quelle quantité de sperme un homme pouvait-il produire ? Une partie coula sur le côté de mes lèvres.

Quand il relâcha sa prise sur ma tête, je levai la main pour essuyer mon visage, mais Sebastian m'arrêta, se servant de ses propres doigts pour recueillir cette semence et la pousser dans ma bouche.

— Si ça doit être la seule fois que je goûte à ça, je ne veux rien gâcher.

Je suçai chacun des doigts qu'il m'offrait, subjuguée par cet homme que je ne voyais pas, mais que je savais être un dieu ambulant.

— Satisfait ? s'enquit Adrian, me rappelant qu'il était toujours dans la pièce.

— Non.

Sebastian me souleva sur ses genoux, plaçant mes jambes de part et d'autre de ses cuisses. Son membre à moitié dressé reposait dans le creux de mes reins.

— Mais tu as dit que son sexe était hors limites. Merde, elle est mouillée.

Il m'attira à lui, m'embrassa, sans se soucier de se goûter sur moi. Il se frotta contre mon clitoris alors que sa langue franchissait mes lèvres.

C'était quoi, le truc avec ces deux hommes ? Ils semblaient aimer le goût de leur semence dans ma bouche. Rien d'étonnant à ce qu'ils aient été meilleurs amis.

— Ça n'arrivera pas, grogna Adrian en arrivant dans mon dos, m'attrapant par les hanches et m'arrachant à l'emprise de Sebastian comme si j'étais une poupée légère.

Je m'agrippai à ses bras, essayant de garder l'équilibre. Certes, je n'avais aucune chance de tomber.

— Elle m'appartient. Ne l'oublie jamais. De plus, le seul enfant qui grandira dans son ventre sera le mien.

Je me raidis en entendant le caractère absolu des paroles d'Adrian.

Je m'inclinai vers lui, je voulais lui demander s'il était vraiment d'accord pour avoir un bébé, mais je gardai cela pour moi.

Adrian frôla mes lèvres avec les siennes, puis passa sa bouche sur ma mâchoire et chuchota à mon oreille pour que je sois la seule à l'entendre :

— La seule femme avec laquelle j'ai un jour envisagé d'avoir des enfants, c'est toi.

Sans demander la permission, j'arrachai le bandeau. Il fallait que je le regarde pour savoir s'il me disait la vérité.

Son regard émeraude brûlait sous le coup de l'émotion. Il était sérieux.

Il m'aimait. Ce n'était pas une question, mais plutôt une prise de conscience de ma part.

Il hocha la tête, et mes yeux se remplirent de larmes pendant que ma gorge s'asséchait.

Avant que je ne puisse dire quoi que ce soit, il me laissa glisser le long de son corps et me dit :

— Déshabille-moi.

Mes mains tremblèrent, mais se portèrent immédiatement sur les boutons de sa chemise. Lentement, je les détachai sans jamais le quitter du regard.

L'intensité de ce qu'il venait d'avouer me donnait une sensation de vertige.

Dégageant le coton de ses épaules, je me hissai sur la pointe des pieds et embrassai le point de pulsation sous son oreille.

— Ana, grogna-t-il, et je remarquai que son souffle était plus court.

Je souris, percevant son émoi.

Avais-je déjà vu un homme aussi magnifique ? Sebastian était beau et il m'attirait, mais personne ne faisait battre mon cœur ou ne le torturait comme lui en était capable. Il était à moi. Et il n'avait rien fallu de plus que cette maudite île pour nous renforcer.

Nous ne pouvions pas revenir à la situation telle qu'elle avait été. Il n'y avait pas de retour possible à Solon. Reviendrait-il à la maison avec moi ? C'était une question à laquelle il nous faudrait répondre plus tard.

Je griffai sa poitrine et son abdomen du bout des doigts, sentant la contraction et le relâchement de ses muscles. J'adorais le toucher, le caresser. J'adorais ses tatouages.

J'ouvris son pantalon et le fis glisser de sa taille, le laissant retomber à ses pieds. Son sexe était comme un tisonnier dur et chaud contre mon ventre. Du liquide s'échappa de la pointe, humidifiant ma chair.

Mon intimité se contracta en réponse à son désir, ajoutant à l'excitation que j'avais ressentie en suçant Sebastian.

À cet instant, Sebastian se posta dans mon dos et mordit la jonction entre mon cou et mon épaule.

— Tu es prête pour nous ? me demanda-t-il.

Comment devais-je répondre ? Jusqu'à cette situation, je n'avais jamais envisagé de prendre en même temps un homme par-devant et par-derrière.

— Aussi prête que possible.

— Ne t'inquiète pas, bébé. Weber te préparera pour que tu puisses le prendre.

Adrian entremêla ses doigts aux miens et me conduisit au canapé. Il s'assit, me tirant sur lui et plaçant mes jambes de sorte que je sois à califourchon sur lui. La pression de son sexe contre mon intimité humide me semblait parfaite et j'avais terriblement envie qu'il me pénètre.

— Bientôt, mon amour. D'abord, Weber va te faire jouir.

Il me déplaça vers le haut et l'arrière pour que mes fesses soient écartées.

Ce fut alors que j'entendis le bruit caractéristique d'un flacon que l'on ouvre. Du lubrifiant.

Ensuite, je sentis le doux glissement du doigt de Sebastian dans mon sexe et son pouce lubrifié qui appuyait sur ma rosette froncée. En même temps, Adrian frottait mon clitoris.

Je geignis, non pas de douleur, mais à cause de tous ces stimulus simultanés. À la seconde où Sébastien pénétra mon entrée interdite, je me cambrai, m'empalant sur ses phalanges.

— Oh mon Dieu… Pourquoi est-ce que c'est aussi bon ? Encore… Je dois jouir.

Adrian prit mon clitoris et le pinça entre ses jointures pendant que Sebastian plongeait dans et hors de moi.

Je jouis si fort que je vis des étoiles. Adrian empoigna ma nuque et m'attira à lui. Il me dévora tandis que je me contractai autour des doigts de Sebastian.

— Elle est prête. Elle est tellement mouillée que je pourrais utiliser sa propre excitation au lieu du lubrifiant.

Il se retira de mon corps et se redressa, puis se déshabilla.

Je jetai un coup d'œil par-dessus mon épaule pour admirer le corps incroyable de l'homme derrière moi. Sebastian était musclé et couvert de tatouages. Il était plus mince qu'Adrian, néanmoins magnifique. Et il y avait ce sexe imposant. Il l'empoigna et le caressa à plusieurs reprises pour le couvrir du lubrifiant qu'il avait dans la main.

— Tu aimes ce que tu vois ? Tu es sûre que tu préfères le grec à l'allemand ?

— Ne m'oblige pas à te tuer, Weber.

Adrian me fit remonter le long de son corps, grogna « à moi » et s'enfonça aussitôt en moi jusqu'à la garde.

— Maître ! m'écriai-je.

Mon ventre frémit quand il glissa à travers les tissus gonflés, mes désirs répondant toujours aux siens.

Il me souleva et m'abaissa jusqu'à ce que je prenne le contrôle du mouvement, faisant levier avec mes paumes sur ses épaules et ondulant mes hanches.

Un autre orgasme s'apprêtait à déferler et, juste au moment où j'allais basculer, Sebastian me dit :

— Penche-toi en avant, petite colombe. À mon tour de me joindre à la fête.

Il posa un genou sur le canapé entre les jambes écartées d'Adrian.

L'emprise d'Adrian sur mes hanches se resserra et il me maintint sur son érection. La chaleur de Sebastian derrière moi était comme une marque au fer rouge sur mon dos.

J'étais sur le point de devenir un véritable sandwich.

Sebastian appuya une main sur le dossier et positionna son membre devant mon orifice étiré.

— Je vais y aller doucement.

Je laissai retomber ma tête sur l'épaule d'Adrian, plaquant ma poitrine contre la sienne, avec son membre qui palpitait en moi.

Il m'embrassa sur le front.

— Détends-toi, cela rendra les choses plus faciles.

Sebastian pénétra au-delà de l'anneau musculaire serré, entrant et sortant d'un centimètre à la fois, plus profondément à chaque légère poussée.

— Bon sang, elle est aussi serrée qu'un poing, marmonna Sebastian.

Quand il fut enfoncé jusqu'à la garde, mon corps était en surcharge, au sens propre comme au figuré.

— Oh, bon sang !

Je serrai les dents. Ils me comblaient.

C'était trop. Comment avaient-ils pu penser que je supporterais deux membres énormes comme les leurs ?

Adrian prit mon visage entre ses mains.

— Respire, bébé.

J'expirai brusquement, et sentis aussitôt mes muscles se relâcher.

Les deux hommes palpitaient en moi, séparés seulement par une fine barrière de peau. Ils étaient comme deux fourneaux autour de moi, me brûlant de l'intérieur comme de l'extérieur. Et pour couronner le tout… Bon sang, qu'ils sentaient bon !

Je fus parcourue d'un frisson, et mon sexe devint plus moite encore.

— Maître, pleurnichai-je. J'en ai besoin.

— Je sais.

Il attira mon visage vers le sien et me gratifia d'un baiser si profond que mes entrailles se contractèrent au point de les faire gémir tous les deux.

— Je vais devoir bouger, Ana.

Sebastian avait la voix rauque et ses doigts se crispèrent sur mes hanches lorsqu'il se retira légèrement avant de revenir.

Adrian fit de même, glissant entre mes lèvres intimes tout en me dévorant la bouche.

Je me cambrai et enfonçai les ongles dans ses bras.

Quand l'un me pénétrait, l'autre se retirait. C'était une surdose d'extase hédoniste.

Sebastian empoigna mes cheveux, tira ma tête en arrière pour m'éloigner d'Adrian et m'embrassa à son tour à en perdre la tête. Adrian fondit sur mon mamelon, le suçant brutalement au rythme de ses coups de reins.

Je rompis le baiser avec Sebastian et, incapable d'en supporter davantage, mon orgasme explosa. Mon intimité et tout mon corps se mirent à convulser et s'agiter, chevauchant une vague après l'autre de plaisir pur et inaltéré. J'étais trop perdue dans l'extase pour comprendre que les deux hommes avaient joui avec moi, jusqu'à ce qu'ils ne cessent leurs coups de bassin.

Je m'effondrai contre Adrian et marmonnai :

— Je crois que, vous deux, vous venez de me tuer à coup d'orgasmes.

CHAPITRE
Quinze

Adrian

Je sortis sur la terrasse avec deux tasses de café.

Sebastian était en train d'observer l'eau. Il me jeta un coup d'œil et prit la tasse que je lui offrais.

Après une grande gorgée, il me demanda :

— Est-ce que tu es d'accord avec ce qui s'est passé ?

J'étais encore en train de digérer la nuit. Après nos orgasmes collectifs, Sebastian et moi avions nettoyé, désactivé la surveillance qui permettait à Trevolo d'accéder au bungalow, puis porté au lit une Ana très alanguie et épuisée. Nous avions passé la nuit ensemble, Ana dormant entre nous.

En me réveillant, je m'attendais à être bouleversé, mais ce ne fut pas le cas. Sebastian était le seul homme en qui j'avais confiance en ce qui concernait Ana, et il ne m'avait pas laissé tomber.

La nuit dernière avait conforté le fait qu'Ana était à moi. Je n'avais pas réalisé à quel point elle avait besoin de moi. Son plaisir avait découlé des caresses de Sebastian, mais aussi du simple fait que j'avais été là ; elle ne pouvait pas jouir à moins que je ne la fasse basculer.

Elle avait besoin de moi autant que j'avais besoin d'elle.

Quand nous en aurons terminé avec cette mission, je l'épouserai.

— Tu sais aussi bien que moi que je suis plus qu'un peu possessif envers Ana. Mais cela dit, ça me va.

Sebastian sourit en portant la tasse à ses lèvres.

— Je ne suis pas en train de dire que je voudrais qu'on recommence, mais ce n'était pas le pire qui aurait pu arriver.

— Avoue-le, tu as aimé la regarder faire tout ce que tu lui disais pendant qu'un autre homme l'adorait.

Pas n'importe quel homme, seulement Sebastian. Cet enfoiré savait que je le considérais comme un frère.

— Ce n'est pas un argument pertinent, dis-je, les yeux rivés sur les vagues. Cela ne se reproduira pas.

— Tu l'aimes. Ne le nie pas.

— Je n'ai jamais cessé.

— Cela signifie-t-il que tu vas te retirer ?

Je n'avais pas réfléchi au-delà du fait de sauver Ana. Mais, à présent que Sebastian en parlait, je savais ce que j'avais à faire.

— Si je veux une vie avec elle, je n'ai pas le choix. J'ai patienté cinq maudites années. Ce n'était pas ainsi que cela devait se passer, mais avec cette femme, rien ne se déroule jamais comme prévu.

— Ça ne va pas être simple.

— Tu crois que je ne le sais pas ? répondis-je en me passant une main dans les cheveux. Mais je ferai ce qu'il faudra pour être libre de rentrer chez moi.

— Cela signifie faire profil bas. Pas de mariage clinquant où les frères Lykaios s'étalent dans tous les journaux à scandale.

— Si tu les connaissais, tu saurais que, la dernière chose dont ils ont envie, c'est d'un mariage clinquant. En plus, en ce qui les concerne, j'ai d'autres préoccupations.

— Du genre ?

— Comme le fait que je vais passer le reste de ma vie avec leur petite sœur. Ils sont un peu surprotecteurs, même si les gens ne savent pas qu'ils ont un lien de parenté avec Ana.

— Ce n'est pas comme si tu n'étais qu'un pauvre *looser*. Bon sang, mec, ta fortune pourrait rivaliser avec la leur.

— C'est plutôt dû au fait que j'étais le type qu'ils ne voulaient pas voir la toucher depuis le début. Ils savaient ce que je faisais, et ils ne voulaient pas de ça dans la vie d'Ana.

Je ne l'aurais sans doute jamais quittée si les Lykaios ne m'avaient pas presque tué quand ils avaient découvert que nous nous étions enfuis, Ana et moi. Ils m'avaient convaincu de permettre à Ana de poursuivre ses rêves et de la laisser partir. J'avais été un idiot de les avoir écoutés. J'aurais dû encaisser les coups et leur dire d'aller se faire voir. Si je l'avais fait, jamais elle ne se serait retrouvée dans une telle situation.

— Je suis ravi de ne pas avoir de belle-famille, lança Sebastian, me tirant de mes songes.

Je ricanai.

— Pauvre type, tu es sacrément gratiné en matière de belle-famille ! Ou bien as-tu oublié le merveilleux mariage arrangé que ton père essaie de te faire accepter ?

Le père de Sebastian l'avait récemment informé que, pour hériter de la direction de « l'entreprise familiale », il devrait épouser la fille unique de la famille Becker, une organisation allemande rivale qui contrôlait les territoires adjacents aux possessions des Weber. En d'autres termes, les deux mafieux avaient négocié une trêve dont les termes incluaient un mariage arrangé.

— Ce n'est pas une affaire réglée.

Il se cramponna à la balustrade.

— Tu n'y crois pas plus que moi. Si tu veux prendre les rênes, alors tu sais ce que tu dois faire.

— C'est une princesse choyée. Est-ce que tu imagines quelqu'un comme elle apprécier les merdes dans lesquelles je suis impliqué ?

— Ce n'est pas comme si elle avait beaucoup de choix en la matière. Et tu as fait des recherches, elle n'est pas aussi diva que tu le souhaiterais.

— Ce serait plus facile si c'était le cas.

J'avais envie de rire. Sébastien aurait fort à faire avec la princesse rebelle qui préférait ses fusils de sniper aux robes et sacs à main de marques. Je comptais bien m'amuser à voir la façon avec laquelle il s'y prendrait pour gérer son mariage avec une diablesse.

Mais à quoi je pensais ? J'étais sur le point de faire la même chose.

— Maintenant, revenons à ton changement de vie,

proposa Sebastian en posant sa tasse sur la balustrade avant de se tourner vers moi. Je pense avoir une solution.

———

Anaya

Je me réveillai en me sentant complètement éreintée et comblée. Jamais je n'aurais imaginé que j'apprécierais d'être avec deux hommes, très dominateurs qui plus est. Deux hommes qui savaient exactement ce qu'ils faisaient.

Il était évident qu'Adrian et Sebastian avaient déjà partagé des femmes auparavant, mais pour une raison quelconque, je n'étais plus jalouse du passé. Peut-être était-ce lié à la possessivité d'Adrian à mon égard ou au fait qu'il ne cessait d'essayer de me convaincre que nous aurions un avenir une fois sortis de l'île.

C'était insensé de se dire que la nuit où il m'avait partagée avec un autre était celle où il m'avait convaincue qu'il m'aimait vraiment.

Adrian entra dans la chambre avec une tasse.

— Est-ce que le flux est coupé ?

Mon corps avait peut-être envie de ce café, mais je devais poser la question. J'avais été à demi comateuse quand Adrian m'avait portée jusqu'au lit.

Il haussa un sourcil, comme si ma question était idiote.

— Tu as mal ?

Je m'assis, prête à ingurgiter ma dose de caféine.

Bon sang, ce type était une œuvre d'art, avec des bras

musclés et hâlés, des abdominaux ciselés, et un V qui disparaissait dans un pantalon taille basse décontracté.

— Tu as fini de me reluquer ?

Mes joues s'échauffèrent.

— Hum, non, pas vraiment.

Il secoua la tête, sans pouvoir dissimuler un sourire.

Il aimait que je le regarde autant que moi.

En d'autres circonstances, j'aurais été ravie de passer la journée à refaire connaissance avec son corps délicieux.

— Tu as mal ? répéta-t-il.

J'ouvris la bouche pour dire non, mais Adrian m'interrompit.

— Ne mens pas.

Je levai les yeux au ciel, et soupirai.

— Un peu. Mais dans le bon sens du terme, dis-je en jetant un regard derrière lui en direction du salon. Où est Sebastian ?

Il se rapprocha et me proposa la tasse.

— Parti.

Je pris le café, buvant le liquide brûlant en quelques gorgées, laissant la chaleur apaiser mon corps et la caféine commencer à éveiller mes cellules cérébrales.

— Jamais je ne comprendrai comment tu arrives à faire ça. Ça ne te brûle pas la gorge ?

Je posai la tasse sur la table basse et souris.

— Si je suis capable de supporter deux énormes membres, un peu de liquide chaud ne peut pas me faire de mal.

— Tu n'auras plus que le mien à partir de maintenant. C'était l'affaire d'une fois. Plus jamais je ne te partagerai.

Un sentiment de malaise m'envahit.

— Adrian, tu es sûr que tu es en accord avec ce qui s'est passé ?

— Comme je l'ai dit à Weber, oui. J'ai apprécié. Mais laisse-moi te le redire : c'était l'affaire d'une fois.

— Alors, je suppose que tu as intérêt à me satisfaire pour que j'oublie le plaisir d'avoir deux queues à moi.

Adrian me jeta un regard furieux pendant une seconde, puis un éclair passa dans ses yeux juste avant qu'il ne bondisse sur le matelas, m'agrippant les bras et me plaquant sur le lit.

— Tu veux que je te montre à quel point je peux te satisfaire avec un seul membre monstrueux ?

Il frotta sa barbe contre mon cou, ce qui me fit me tortiller.

Je ris. Cela faisait plus de cinq ans que je n'avais pas vu ce côté joueur d'Adrian. Je l'adorais.

— Es-tu en train de te moquer de moi ? demanda-t-il en planant au-dessus de moi. Je vais te donner matière à rire.

Il fit passer mes poignets dans une main, puis plongea les doigts de l'autre à l'endroit de ma hanche où lui seul savait que j'étais chatouilleuse.

— Non ! râlai-je entre deux éclats de rire. Arrête ! Ce n'est pas juste !

J'essayai de tirer sur mes bras pour les libérer, mais en vain. Quand il eut fini de me torturer, nous étions tous deux essoufflés et haletants. Mes jambes étaient enroulées autour de sa taille et ma poitrine nue était plaquée contre la sienne. Adrian me relâcha pour glisser les doigts dans mes cheveux.

Abaissant la tête, il aspira ma lèvre inférieure dans sa bouche et la mordilla.

Aussitôt, mes mamelons durcirent et mon intimité se trempa de désir. J'agrippai ses bras, essayant de le ramener vers moi pour un autre baiser, mais il tint bon.

Le regard émeraude d'Adrian, brûlant, se planta dans le mien.

— Je t'aime, Ana. Je n'ai jamais cessé.

Mon cœur manqua un battement. J'avais envie de lui demander pour quelle raison il m'avait quittée, s'il m'aimait, mais je savais que cela ne ferait aucune différence. Notre rupture m'avait donné le coup de pouce dont j'avais eu besoin pour réussir dans une profession dangereuse. Elle avait été le catalyseur me permettant de prouver mes capacités.

— Qu'est-ce que cela signifie pour nous ?

Il fallait que je sache.

— Cela signifie que rien, en dehors de la mort, ne pourra m'empêcher d'être de nouveau avec toi.

Son visage arborait une expression féroce, qui me démontrait la véracité de ses mots.

— Tu vas te retirer ?

— C'est le plan. Mais cela peut prendre du temps. Cela fait longtemps que je suis sur cette mission. Les supérieurs vont devoir trouver une raison plausible pour expliquer pourquoi j'ai soudainement disparu.

J'étais dans le même bateau. Bon, ma situation était sûrement moins compliquée, étant donné que je n'avais pas vécu plusieurs années sous une autre identité. Mon débriefing durerait probablement un mois, après quoi je rentrerais chez moi.

Solon n'était plus pour moi. Je l'avais accepté. Ma place était auprès de ma famille, avec mes frères énervants et surprotecteurs, ma sœur, ma cousine et mes amis.

J'en avais fini de fuir.

Il frotta son pouce sur mes lèvres.

— Es-tu prête à m'attendre ?

C'était une question ridicule, mais qui me montrait qu'il était réellement inquiet.

— Après tout ce que nous avons traversé, tu me poses la question ?

— Ana, réponds-moi.

— Bien sûr que je t'attendrai.

Ses épaules se détendirent de manière visible, comme s'il avait vraiment craint que ce ne soit pas le cas.

À cet instant, il n'était ni Julian ni Adrian. C'était mon Ian. Le garçon de qui j'étais tombée tellement amoureuse.

Pendant une fraction de seconde, mon cœur eut envie de retourner à Vegas, dans ce petit appartement qu'il avait à l'université.

— Ian ?

Je contemplai ses yeux émeraude.

— Oui ?

— Pourrions-nous faire semblant quelques instants que nous ne sommes pas en plein milieu d'une mission où des vies sont en jeu ? Que la seule chose importante est ce que nous ressentons l'un pour l'autre ?

J'avais besoin de ressentir quelque chose qui n'appartenait qu'à nous. Une connexion sans contrainte. Sans personne pour nous regarder dans nos moments les plus intimes.

Il était silencieux. Il ne dit rien.

Au moment où je m'attendais à ce qu'il me dise que c'était impossible d'espérer plus à cet instant, il me dit :

— Agrippe les lattes de la tête de lit.

J'accrochai mes doigts au bois et tins bon.

Mes mamelons durcirent aussitôt et ma peau se couvrit de chair de poule.

La tendresse dans son regard devint féroce. Il avait prévu une combinaison de plaisir et de douleur destinée à me rendre folle.

Il remonta, me tenant en cage avec ses bras et ses jambes.

— J'ai une question pour toi, et ensuite tu feras tout ce que je dis. Doux ou dur ?

Je soutins son regard affamé.

— Dur.

Ses lèvres se retroussèrent sur les côtés.

— Alors, ce sera dur.

Il tendit la main vers le chevet, ouvrit un tiroir et en sortit un fouet en cuir.

Mes yeux s'arrondirent. Il avait ce truc dans le tiroir du chevet depuis tout ce temps ?

S'en était-il servi sur les autres femmes qu'il avait achetées dans les ventes aux enchères du harem ? Une pointe de jalousie me traversa.

Il fit claquer le cuir dans sa main, me tirant de mes pensées.

— Je sais à quoi tu penses. Et pour répondre à cette

question que tu ne poses pas, jamais je ne m'en suis servi sur une autre. Il est dans le tiroir depuis que Trevolo m'a donné le bungalow. La seule peau que j'ai un jour voulu rougir, c'est la tienne.

Je déglutis.

— Oh.

— Oui, *oh*, répéta-t-il en claquant de nouveau sa paume. Voyons à quel point ça peut être dur.

J'aurais peut-être dû dire « doux ». La dernière fois que nous avions joué à quelque chose de vraiment pervers, ç'avait été quand Adrian m'avait emmenée dans un des clubs de Vegas.

Il avait choisi un endroit qui n'appartenait pas à mes frères et dont il était membre. Mais, c'était une autre époque, avec une autre Anaya.

— Ian.

— Ana.

Il fit passer la poignée tressée sur mon pubis, sur mon ventre et dans mon cou.

— Les lanières sont en daim, un cuir différent de ce que nous utilisions auparavant. Tu n'es pas prête pour ça.

Mais, étais-je prête pour ceci ? Dans ma mémoire, le daim piquait plutôt méchamment. Le seul avantage était que les marques disparaissaient plus vite.

— Ne lâche pas la tête de lit, sinon je ne te laisserai pas jouir.

Mon pouls se mit à palpiter dans mes oreilles et mes doigts serrèrent les lattes.

— Détends-toi, bébé.

Il fit passer la multitude de lanières de cuir souple sur

mon visage et le long de mon corps, faisant le tour de mes seins, taquinant mon nombril et effleurant mon intimité.

Il caressa tout mon corps, m'hypnotisant avec ses mouvements. Lentement, je commençai à me relâcher sur le lit.

Clac !

— Oh, bon sang !

Je me cambrai lorsque la piqûre s'abattit sur mon ventre.

J'aurais dû savoir qu'il commencerait à la seconde où je me détendrais.

Bon sang, Ana, ce n'est pas parce que cela fait cinq ans que tu peux oublier la manière dont les choses se déroulent.

Clac. Clac.

Les coups suivants furent pour l'extérieur de mes cuisses.

— Ian.

Je gémissais et m'agitais, incapable de remuer les jambes à cause du poids d'Adrian sur elles.

Comment avais-je pu oublier à quel point c'était douloureux ?

Clac. Clac. Clac.

Des larmes roulèrent sur mon visage alors que je me mordais les lèvres.

Adrian se dégagea et se pencha sur ma figure, qu'il prit dans ses mains.

— Respire, bébé, laisse les endorphines prendre le dessus.

Je gémis en réponse.

Adrian lécha mes larmes.

— Tu es si belle, si parfaite pour moi. Maintenant, fais ce que je dis.

J'inspirai puis expirai ; la morsure du cuir commença à se muer en une douleur chaude et sourde. Mes mamelons réagirent et mon ventre se contracta.

— Tu es prête pour plus ?

J'acquiesçai sans réfléchir.

Clac. Clac. Clac.

Cette fois, la morsure était là, mais accompagnée de plaisir. Ses coups pleuvaient sur tout mon corps, mais, à présent, je me cambrai contre le frôlement du daim.

Mon sexe pleurait et se contractait tandis que le brouillard envahissait mon esprit.

— Il faut que je jouisse. J'ai besoin de jouir. Ian, je t'en prie, laisse-moi jouir.

Il laissa retomber le fouet sur le côté et introduisit un doigt au plus profond de mon intimité, le courbant juste assez pour toucher le faisceau de tissus sensibles qui entourait mon point G.

Je convulsai autour de lui, pressant ses phalanges alors que mon corps obtenait enfin la récompense de la délivrance.

Il se retira, portant ses doigts à mes lèvres.

— Suce.

Je suivis ses instructions, laissant le goût de mon essence s'ajouter à l'extase de mon orgasme.

— Maintenant, c'est à mon tour. Tu connais les règles, Ana. Ne lâche pas.

Quand il abaissa son pantalon, son magnifique sexe,

épais et dur, se libéra. Adrian m'écarta les jambes, positionna son membre et me pénétra d'un coup.

— Ça va être dur, tout comme tu l'as demandé.

Il se retira avant de me pénétrer de nouveau.

— Oh, mon Dieu ! haletai-je.

Il me prit comme un dément. La seule chose qui empêchait ma tête de frapper la tête de lit, c'était que je me cramponnais aux lattes.

— J'ai tellement besoin de toi, Ana, putain, dit-il entre deux respirations.

— Moi aussi, j'ai besoin de toi.

J'avais désespérément envie de le serrer, de planter mes ongles dans ses fesses.

— Merde, je ne vais pas pouvoir me retenir, dit-il, en fermant les yeux, avant de rugir. À moi. Ma femme. Tu m'appartiens.

Il jouit encore et encore, me pilonnant si fort qu'il me déclencha un nouvel orgasme.

Je criai, me cambrant contre lui, serrant son sexe qui remuait toujours. D'un coup, il se retira, glissa le long de mon corps et verrouilla sa bouche contre mon intimité.

Il me dévora, se fichant apparemment de sa semence qui me recouvrait.

— Oh mon Dieu, Ian !

Je posai une main sur ses cheveux. Il grogna en réponse et mordit l'intérieur de ma cuisse.

— Aïe ! gémis-je, mais cela n'atténua en rien mon excitation et mon besoin.

Ils étaient même renforcés par la douleur.

— Ta main. Remets-la.

J'agrippai de nouveau la tête de lit. Sa langue s'agita et s'enfonça jusqu'à m'arracher un autre orgasme. Puis il remonta le long de mon corps et enfonça son membre dans mon intimité qui convulsait toujours.

Cet homme était une foutue machine.

Il m'attrapa la gorge et la serra à chaque coup de reins.

— Encore une fois.

Avait-il perdu la tête ? Il pouvait tenir toute la nuit, mais mon corps n'en pouvait plus de toute cette jouissance. Mon sexe était trop enflé, trop sensible.

— Non. Je t'en prie. C'est trop. Je ne peux pas.

Un gémissement m'échappa, et un frémissement parcourut mon ventre. Mon corps trahissait mes paroles.

Adrian appuya plus fort contre ma trachée.

— C'est moi qui dis quand tu jouis, pas toi. Qui possède ce corps, Ana ? Qui te possède ?

Il me pilonnait vite et fort, planant au-dessus de mon visage. De la sueur ruisselait de ses tempes, et la luxure sombre et féroce que je lus dans son regard fit frémir mon intimité.

— C'est toi.

Coup de reins. Coup de reins. Coup de reins.

— Si je te dis que j'en veux un de plus, qu'est-ce que tu réponds ?

— Oui, Ian.

Coup de reins. Coup de reins. Coup de reins.

— Maintenant, jouis.

Il me tint la gorge tout en malmenant mon sexe et, avec un nouveau coup de reins brutal, j'explosai une nouvelle fois.

— Ian ! m'écriai-je.

Je voyais tout flou, en dehors de cet homme au-dessus de moi.

J'étais encore en train de jouir quand il se retira, agrippa son membre entre ses mains et se caressa jusqu'à déverser son fluide sur mon ventre et mon sexe.

— Merde, tu es magnifique, haleta-t-il en plaquant son corps contre le mien avant de m'embrasser.

CHAPITRE
Seize

Adrian

— Tu peux lâcher maintenant, dis-je à Ana en roulant sur le côté, retirant mon poids de son corps. Il faut qu'on prenne une douche. On est couverts de fluides.

Je n'arrivais pas à comprendre ce qui m'avait pris. C'était cette envie folle de marquer Ana. Que ma semence la marque comme mienne. Peut-être était-ce le fait que nous volions ce temps pour nous au beau milieu d'une situation merdique, et que je n'étais pas certain de pouvoir la toucher de nouveau comme ça.

— Retour à la réalité et à nos emplois, dit-elle en relâchant sa prise sur les lattes, puis, elle ajouta en se tournant vers moi, il faut qu'on mette fin à ça le plus tôt possible.

— C'est le plan, répondis-je en me plongeant dans les profondeurs ambrées de son regard. Nous ne pouvons pas refaire ça avant d'être de retour à la maison. Nous ne pouvons pas nous permettre de baisser la garde.

— Je sais.

Son ton était empreint de remords, et elle tourna la tête, fermant les yeux.

— Qu'est-ce qui ne va pas ?

— Je ne m'attendais pas à me sentir aussi coupable d'avoir trouvé un peu de réconfort.

Elle n'était pas la seule à ressentir ça. Des gens arrivaient sur cette île ; et ils n'avaient pas la moindre chance de trouver du réconfort ou le bonheur sans notre aide.

Je pris sa main dans la mienne.

— Ana. Nous…

Un coup fort frappé à la porte résonna dans la chambre, et Ana et moi nous raidîmes.

C'était quoi, ce bordel ? Mon système de surveillance aurait dû m'alerter de l'approche d'un intrus. Ce fut alors que je réalisai que ma montre était sur la table d'appoint.

Je tendis le bras pour l'attraper, j'appuyai sur un bouton et une image apparut sur le petit écran, montrant Trevolo avec quelques-uns de ses sbires qui attendaient dehors.

— Merde. Trevolo est là, annonçai-je en sortant du lit. Ana, va te doucher. Et peu importe ce que tu entendras, ne sors pas.

Elle semblait sur le point de me contredire, mais finit par dire :

— D'accord.

Elle glissa hors du lit.

J'enfilai un pantalon et attrapai un T-shirt que j'avais

balancé sur une table, sans me préoccuper des résidus de nos ébats qui collaient à mon corps.

Je déverrouillai et ouvris ma porte d'entrée.

— Vous voulez bien me dire ce qu'il y a de si important pour que vous vous déplaciez jusqu'à mon bungalow ?

Trevolo ne sembla pas perturbé par mes paroles.

— Quelque chose a attiré mon attention et je me suis dit qu'il était préférable d'en parler en personne.

Eh bien, ça n'augurait rien de bon.

J'ouvris la porte en grand pour laisser passer Trevolo, mais bloquai le passage à ses gardes qui tentaient d'entrer.

— Vous connaissez les règles, dis-je au premier. Vous pouvez rester dehors comme d'habitude ou aller vous faire voir. Je m'en tape.

Avant qu'il ne proteste, Trevolo prit la parole.

— Dante, attends dehors. M. Bonaparte ne me fera pas de mal, surtout qu'il passe beaucoup de temps à assurer ma sécurité avec ses gadgets.

Je claquai la porte et passai au salon où Trevolo se mit à l'aise en s'installant dans un fauteuil. Il jeta un œil au canapé.

— Votre scène d'hier soir était très divertissante.

Mon courroux grimpa à l'idée que Trevolo et d'innombrables autres personnes avaient dû regarder, probablement en direct.

— Effectivement.

Je me déplaçai pour m'asseoir sur le canapé où Sebastian et moi nous étions occupés d'Ana la nuit dernière.

— Vous avez appris des choses ?

J'aurais dû garder un ton calme et laisser tomber ma question, mais je n'avais pas pu me retenir.

— Il aurait été préférable que vous respectiez mon autorité en laissant l'audio en marche. Le son des cris de plaisir et de douleur d'une femme est comme une musique à mes oreilles.

Cela me démangeait de préciser « plus de douleur que de plaisir », mais je me retins.

Quelque chose de désagréable était sur le point de se produire et je devais garder le contrôle.

— Où est votre fiancée ?

Il jeta un coup d'œil à la porte fermée de la chambre.

— Elle récupère.

Il ricana.

— De la nuit dernière ? À peine. Elle a pris une raclée, et s'est relevée pour frapper mes gardes. Et n'oublions pas sa manière de régler son compte à Mica Chance. Pour qu'elle ait besoin de récupérer, il faudrait l'attacher et la fouetter.

Je lui offris un sourire condescendant.

— En fait, nous avons effectivement utilisé un fouet au cours de nos activités matinales.

Un éclair de surprise traversa le visage de Trevolo, avant d'être remplacé par une satisfaction arrogante.

— Je suis ravi de constater que la chatte d'Aphrodite ne vous a pas attendri. Je m'inquiétais à l'idée que les choses en soient arrivées là.

— Il ne faut jamais confondre le fait de profiter d'un nouveau jouet avec celui de s'attendrir. Je suis le même homme que j'étais lorsque nous nous sommes rencontrés. Je ne fais que prendre soin de mon jouet à 20 millions de dollars.

— C'est la raison de ma présence ici.

Je haussai un sourcil.

— L'argent a été versé avant que je ne prenne possession de ma fiancée. Il y a un problème ?

— Votre argent est arrivé, comme vous l'avez dit. Il s'agit d'autre chose. Weber est venu me voir avec une proposition ce matin.

— Je vous écoute.

— Il m'a offert le double de ce que vous avez payé pour acquérir votre fiancée.

Qu'est-ce que Sebastian avait fait ? Cela ne faisait pas partie de notre plan.

— Étant donné que j'ai versé l'argent, c'est un point indiscutable.

— En fait, non. Je suis un homme d'affaires, et Weber est prêt à vous régler une belle somme en échange du dérange-ment que vous avez subi. C'est une situation gagnant-gagnant pour nous deux.

Cela n'avait rien d'une situation gagnant-gagnant. Il fallait que je garde le contrôle de mes émotions, faute de quoi, je laisserais cette ordure me pousser à lui montrer ce qu'Ana signifiait pour moi.

Ce fut alors que je compris que, si Sebastian avait modifié le plan, c'était seulement parce que notre temps était écoulé. J'aurais préféré qu'il envoie un message sur le téléphone satellite plutôt que d'orchestrer cette merde. De qui me moquais-je ? Si les plans avaient changé, cela venait des plus hauts responsables.

J'espérais vraiment qu'Ana n'aurait pas envie de me castrer quand tout serait terminé.

— Combien pour mon dérangement ? demandai-je en me dirigeant vers le bar dans le coin de la pièce. Vous en voulez ?

Trevolo jeta un œil à la bouteille de Firewater Black Reserve.

— Évidemment. Vous êtes la seule personne que je connaisse qui stocke cette marque de whisky comme si elle était disponible dans une supérette. Cette bouteille n'est-elle pas presque impossible à trouver ?

La raison pour laquelle j'avais un accès illimité à Firewater, un whisky qui avait révolutionné le monde des spiritueux, était que la société appartenait à ma sœur. Je transportais toujours une bouteille ou deux lorsque je voyageais, et c'était un outil pratique pour inciter les gens à jouer de mon côté. Il suffisait d'offrir à un enfoiré un whisky primé à 1 000 dollars les 30 millilitres en gage de bonne foi pour qu'il ne vende son premier-né.

— *Presque* impossible. J'ai des relations, expliquai-je à Trevolo en lui tendant un verre du liquide ambré. Quel est le montant de mes frais de dérangement ?

— La moitié de ce que vous m'avez payé. Et, bien évidemment, je vous rendrai votre argent et vous offrirai une place à la vente aux enchères.

— Quel genre d'enchères ?

— Le genre *spécial,* annonça-t-il avec un sourire calculé. Le genre dont votre précieuse colombe aurait dû faire partie.

Comme si j'allais croire que cette ordure irait jusqu'au

bout en me laissant assister à son enchère spéciale. Me mêler de près ou de loin à la vente d'enfants serait une grave erreur de sa part.

Ce connard avait prévu de me doubler et me croyait assez stupide pour ne pas voir clair dans ses conneries.

— Et quand cet événement aura-t-il lieu ?

— Ce soir.

Merde, cela voulait dire que le chargement de femmes et d'enfants était arrivé soit hier, soit plus tôt aujourd'hui.

Bon sang. Sebastian et mon inquiétude concernant Ana avaient constitué l'occasion parfaite pour Trevolo de décharger les femmes et les enfants.

— Avez-vous proposé cette option à Weber ?

— Oui, mais je n'ai pas insisté. Sa proposition nous permet à tous les deux d'empocher plus d'argent. Qu'en dites-vous ?

Je laissai passer quelques secondes avant de répondre :

— Je vais devoir y réfléchir. Je reviendrai vers vous.

— Faites donc ça.

Ses lèvres se retroussèrent, comme s'il savait que j'allais accepter son offre.

— Et, si je disais que je n'en avais pas fini avec elle ?

— Sautez-la et frappez-la quelques fois encore. Weber se fiche de ce que vous lui faites, du moment qu'elle est à lui quand il quitte l'île ce soir.

— Et les autres invités ? Ne risquez-vous pas de perdre trop d'acheteurs en écourtant leurs vacances ?

Une lueur apparut dans ses yeux.

— Je savais que M. Finn était le seul serait le seul à ne pas être intéressé par la vente aux enchères spéciale. Il est parti ce matin pour s'occuper d'une urgence familiale. Les autres sont des invités comme vous.

Eh bien, putain. Tout le monde en dehors de Finn savait ce que Trevolo était en train de mettre en place : les deux semaines de vacances de plaisir n'étaient qu'une façade jusqu'à ce que le chargement humain n'arrive. Je n'aurais pas été surpris d'apprendre que le maître des lieux avait orchestré les soucis familiaux de Finn pour lui faire quitter l'île plus vite.

Ce qui signifiait également que l'arrivée de Sebastian n'avait pas pour seul but d'empêcher l'équipe d'Ana d'envahir l'île pour la sauver. S'il était sur l'île, c'était qu'il y avait une autre personne dans les parages pour recueillir des preuves.

— Que dites-vous de ma proposition ?

— Comme je vous l'ai dit. Je vais y réfléchir.

L'irritation se lut sur ses traits.

— Ceci n'est pas en option, Bonaparte. Je suis convaincu que votre père serait d'accord pour dire qu'il ne serait pas sage de refuser un arrangement profitable pour un corps usagé.

Trevolo posa son verre sur la table basse, et s'avança vers la porte.

— Dante sera là dans quelques heures pour escorter votre fiancée jusqu'à son nouveau maître. Sautez-la tout votre saoul jusque-là.

Trevolo s'en alla, refermant la porte derrière lui. Je patientai quelques minutes avant de laisser la rage me gagner et de lancer mon verre à travers la pièce, le fracassant contre le mur près de la porte d'entrée.

Ana entra dans la pièce. D'après l'inquiétude qui marquait son expression, elle avait écouté chaque mot de ma conversation avec Trevolo.

— Tu vas me livrer à Sebastian ?

— J'ai laissé un autre homme te sauter devant Trevolo, et Dieu sait qui d'autre, pour pouvoir te faire quitter l'île. Alors, à ton avis ?

— Est-ce qu'ils vont s'attendre à ce que je couche encore avec Sebastian ?

— Qui sait ? Probablement. Je ne sais pas.

Cette idée me faisait l'effet d'un couteau planté en plein cœur. Mais, si cela voulait dire qu'Ana serait en sécurité…

Elle écarquilla les yeux.

— Ça n'arrivera pas. C'était l'histoire d'une fois.

— Tu as dit que tu avais apprécié.

Elle me jeta un regard furieux et fonça vers moi.

— C'est le cas, mais ça ne veut pas dire que j'ai envie de recommencer, et surtout pas avec d'autres personnes en train de mater comme si c'était du porno en live.

— Ana. Les femmes et les enfants sont arrivés. Tu as entendu Trevolo. Il les vend aux enchères ce soir.

Je l'attirai vers moi et l'enveloppai de mes bras.

— C'est ce pour quoi nous avons travaillé. Je vais te remettre à Sebastian.

———

Anaya

. . .

— Hors de question. On est une équipe. À cet instant, je ne suis pas ta femme. Je suis ta partenaire au sein de Solon.

Je n'arrivais pas à croire ce que j'entendais. Il croyait vraiment que j'allais rester assise et le laisser faire tout le sale boulot ?

— C'est le seul moyen de te faire quitter cette île sans risquer ta vie. Je ne serai pas capable de me concentrer ou de transmettre les bonnes informations si je m'inquiète pour toi.

— Si les hommes de main de Trevolo s'approchent de moi, je jure de leur casser le nez à tous.

— Ils ne s'approcheront pas de toi. Je vais te remettre à Sebastian dans l'heure qui suit.

— Tu dois avoir perdu la tête. Je ne vais nulle part.

— Ana, écoute-moi. Je te remets tôt, et Sebastian peut partir avec toi. Peu importe ce qu'il racontera à Trevolo, son yacht est à moins de trente minutes d'ici.

— Et qu'est-ce que tu vas faire pendant ce temps-là ?

— Je vais achever ma mission et libérer ces femmes et ces enfants qui ont subi Dieu sait quoi.

— Et pour Ele ?

— Elle ne fait pas partie de ma mission, mais j'ai prévu de la ramener, elle aussi, à sa famille.

— Sa sœur l'a vendue. On n'appelle pas ça « une famille ».

— Ses parents la pleurent tous les jours. Trevolo étant ici, je peux faire en sorte que quelqu'un s'occupe de sa garce de femme.

Cela semblait très facile, aisément réalisable, mais je ne croyais pas que cela se passerait sans accroc.

— Et qu'est-ce que je suis censée faire, assise sur le yacht de Sebastian ? Je ne suis pas le genre de fille qui reste là, à ne rien faire, pendant que les hommes sauvent le monde.

Je posai une main sur ma hanche.

Il sourit.

— Comme si je n'étais pas au courant.

— Je suis sérieuse, Ian.

— Tu n'as qu'à trouver la meilleure manière d'annoncer à tes frères que tu vas m'épouser.

Je ne savais pas trop quoi répondre à cela. Au milieu des affres de la passion, il avait parlé d'être ensemble, mais, le mariage ? Encore ?

— Tu n'as rien à dire à ce sujet ? demanda-t-il, passant un bras autour de ma taille pour m'attirer contre lui. Je t'aime, bébé. Laisse-moi sauver le monde pour cette fois. Tu joueras les Selene dures à cuire un autre jour.

Il n'y aurait pas de prochaine fois. J'allais quitter Solon. J'étais prête à rentrer à la maison, avec ma famille, avec Adrian. Cela faisait si longtemps que je n'avais pas passé de temps avec qui que ce soit à Vegas, et j'avais loupé bien des choses, notamment les naissances de mes neveux. Et maintenant, Henna attendait une fille. La seule de tous les enfants Lykaios. Je voulais être présente.

— Ian, les choses ne seront pas aussi faciles. Et si un truc tournait mal ? Donne-moi au moins une arme, ou quelque chose.

— Et où as-tu l'intention de la cacher, sous tes vêtements transparents ?

Je baissai les yeux et soupirai.

— Tu marques un point.

— Maintenant, va te préparer. Nous allons faire une visite surprise à la maison principale. Et si ça tourne mal, emprunte le chemin vers la gauche, au bas des escaliers de la terrasse. Il y a une petite grotte le long de la falaise. Attends-moi là-bas.

Il sortit un téléphone satellite, tapa quelque chose, puis le fit tomber au sol où il l'écrasa sous son pied.

— Qu'est-ce que tu viens de faire ?

— J'ai appelé mon chauffeur. Mais, d'abord, on doit te remettre au tien.

———

Nous prîmes la direction de la maison principale, et entendîmes des cris forts, et les sanglots d'une femme.

Adrian posa un doigt contre ses lèvres puis me poussa derrière lui.

— Tu connais la punition pour m'avoir désobéi. Tu veux que je te donne aux hommes ?

La rage de Trevolo était évidente, et j'avais peur pour la personne sur qui il criait.

— Tes menaces ne me font plus peur. Tu m'as déjà tout pris. Mon enfant, ma vie, lui hurla Ele. Fais ce que tu as à faire.

Un enfant ?

Je tirai sur la manche d'Adrian. Il secoua la tête.

— Qu'est-ce qui te prend ? Depuis quand ça te dérange de récolter les informations que je demande ?

— Depuis que tu m'as pris notre enfant et que tu l'as donné à ta garce de femme. Depuis que tu m'as prostituée à tes clients les plus friqués.

Oh bordel. Le bébé que Catarina Trevolo avait mis au monde n'était pas le sien. Merde, elle n'avait jamais été enceinte ! Elle avait fait toute une montagne de sa prise de poids et, si elle était si furieuse que ses robes ne lui aillent pas, c'était parce que ce n'étaient pas des kilos de grossesse qu'elle devait perdre.

Mon Dieu, cet adorable petit garçon était celui d'Ele, et ils le lui avaient volé.

— Tu donnes l'impression que je te fais passer d'homme en homme. C'est arrivé deux fois. Je n'avais pas le choix, ils ont demandé après toi.

— Et maintenant, tu me donnes à nouveau ?

— Bonaparte est en train de perdre son trophée. Je dois faire quelque chose pour rendre cet enfoiré heureux.

— Mais, pourquoi moi ?

— Parce que tu es le joyau le plus précieux de l'île pour moi. Il le sait, comme tout le monde. S'il t'accepte, alors il n'aura pas besoin d'assister aux enchères et ne risquera pas de me causer des ennuis au sujet des objets vendus.

— Donne-lui quelqu'un d'autre. Ta favorite, peut-être, mais pas moi. Il y a d'innombrables femmes prêtes à écarter les jambes pour lui.

— Il n'y a pas d'autre choix. Il t'apprécie. Je l'ai vu te regarder. Tu crois que j'ai envie que ce bâtard touche à ce qui m'appartient ?

Adrian me jeta un regard, comme pour me faire comprendre quelque chose. Puis, je saisis. Il s'inquiétait de ce que Trevolo venait de dire.

Je lui fis un signe de tête : je savais qu'il n'avait pas de sentiments pour Ele, en dehors de l'envie de la sortir de là.

— Je ne suis pas à toi. Tu m'as enlevée à ma famille, tu m'as violée et tu as ensuite volé mon enfant. Je te détesterai toujours.

L'écho violent d'une gifle résonna depuis la terrasse.

— Pétasse ingrate.

Ce fut à ce moment qu'Adrian m'attrapa la main et me fit monter les marches.

— Est-ce qu'on interrompt quelque chose ? demanda Adrian, me poussant de force en avant, me faisant tomber sur le sol, où Ele était assise, couvrant sa joue de ses mains.

Je hoquetai et lui jetai un regard noir.

— Pas du tout, répondit Trevolo en m'observant avec un rictus. Des problèmes au paradis ?

— Appelez Weber. Je ne vois pas l'intérêt de perdre du temps. Elle est prête à partir.

— Qu'est-ce qui a provoqué ce changement d'avis ?

— Ça n'a aucun intérêt de former une esclave pour un autre homme, et peu importe la douceur du sexe.

— Ele, lève-toi et appelle Weber. Une fois qu'il sera parti, l'île sera dégagée. Nous pourrons commencer notre vente aux enchères.

Ele me regarda fixement. On voyait sans mal sa rage et sa haine envers l'homme qui lui avait tant pris.

— Tu m'as entendu ?

Trevolo surplombait Ele.

Elle hocha la tête et se releva. Puis, après avoir repris son souffle, elle se tourna et s'en alla.

Je restai par terre, mon regard passant entre les deux hommes qui observaient la moindre de mes réactions.

— Viens t'asseoir, Anastasia.

Trevolo tira une chaise pour moi.

Je me levai et m'y assis.

— Quel que soit l'entraînement que vous lui avez prodigué, il a fonctionné. Je m'attendais à ce qu'elle se lève et essaie de me frapper ou de me donner un coup de pied.

Si ça peut te faire plaisir, connard, je veux bien le faire.

— Ana a conscience qu'un mauvais comportement entraîne des conséquences, et qu'elle est récompensée quand elle obéit.

— J'ai réfléchi, commença Trevolo en faisant courir un doigt le long de mon cou, ce qui me donna la chair de poule. Que diriez-vous si je vous donnais quelque chose de bien plus précieux qu'une place à la vente aux enchères ?

Adrian croisa les mains et s'appuya sur la balustrade.

— J'écoute. Que proposez-vous ?

— Elenora.

— Laissez-moi mettre les choses au clair. Vous m'offrez votre précieuse maîtresse de maison ?

— Oui.

— Je peux la garder ?

Trevolo cessa ses caresses sur ma peau et j'en fus reconnaissante, mais ses mains se posèrent sur le dossier de ma chaise, le serrant si fort qu'elle faillit craquer.

— Oui.

C'était tellement étrange. Non, c'était pervers, à un niveau totalement fou. Trevolo avait des sentiments pour Ele. Je doutais qu'il la considérât plus que comme une propriété, mais l'idée qu'il la donne à quelqu'un ne collait pas avec lui.

— Que me coûtera Elenora ?

— Votre fiancée, et votre départ, dit-il avant de marquer une pause. Immédiatement.

— Et la compensation monétaire dont nous avons convenu précédemment ?

— Elle tient toujours.

— Alors, la seule chose qui reste à dire, c'est marché conclu.

Personne ne dit plus rien pendant quelques minutes, mais je sentais l'agitation de Trevolo.

Si Adrian s'en allait avec Ele, alors comment allait-il faire pour faire sortir les femmes et les enfants ? Il devait y avoir un plan B dont il ne m'avait pas parlé.

Cette pensée m'agaça, mais je devais continuer de jouer mon rôle. J'avais bien l'intention de lui balancer le fond de ma pensée quand nous serions de nouveau seuls.

Des bruits de pas résonnèrent dans la maison et, dès que Sebastian et Ele arrivèrent, Trevolo annonça :

— Elle est à vous. Prenez-la et partez.

— Quoi ?

Le regard d'Ele passa de Trevolo à Adrian.

— Ton maître t'a offert à moi, lui dit celui-ci en s'avan-çant vers Ele.

Ses yeux se remplirent de larmes. Quelque chose me disait que ce n'était pas de tristesse.

Sebastian s'avança vers moi, soutenant mon regard.

— Cela signifie-t-il que tu renonces à revendiquer cette créature ?

— Oui. Profite d'elle.

— Oh, que oui ! Sans le moindre doute, répondit Sebastian d'un ton amusé. Je t'inviterai peut-être comme troisième, à l'avenir, si tu n'es pas trop occupé avec Elenora.

— Maintenant, Messieurs, je crois que le moment est venu pour vous deux de vous en aller.

La voix de Trevolo était calme, mais ses doigts serrés sur le dossier de la chaise me laissaient penser qu'il était tout le contraire.

Avant que quiconque ne puisse bouger, un groupe d'hélicoptères se rapprocha à grande vitesse.

— C'est quoi, ce bordel ? demanda Adrian à Trevolo.

— À vous de me le dire. C'est vous l'expert en sécurité.

— À terre ! cria Sebastian au moment où des coups de feu résonnèrent.

Agrippant le bras d'Ele, je l'attirai sous des tables.

— Restez à terre, Ele.

— Ana, va-t'en, maintenant ! entendis-je Adrian crier. Les hélicoptères font demi-tour. Je ne veux pas que tu sois prise entre deux feux quand la sécurité de Trevolo sortira.

— Qui sont-ils ? demandai-je à Sebastian, accroupi derrière une autre table.

Il ne répondit rien, se contentant de me dire :

— Va te mettre en sécurité, maintenant. Tes amis me tueront s'il t'arrive quoi que ce soit.

Je tentai d'identifier les appareils, sans succès, jusqu'à ce que les hélicoptères entièrement noirs ne tournent, révélant un petit scorpion sur leur queue.

C'était Solon.

— Bon sang, Ana, arrête de gagner du temps et vas-y, s'écria Adrian.

Je balayai l'endroit du regard pour le repérer, mais en vain.

Ele et moi nous sortîmes de notre cachette et nous arrêtâmes en voyant Trevolo couvert de sang, blessé d'une balle à la tête, étendu sur le sol, les yeux ouverts.

Ç'avait été, lui, la cible.

Ele s'est précipitée vers lui, lui balançant des coups de pied et lui crachant au visage.

— Je te déteste ! Je te déteste ! Je te déteste !

Je l'entraînai loin, empruntant le chemin qu'Adrian m'avait indiqué comme menant à une grotte.

Restez près de moi.

— Qui êtes-vous, en réalité ?

— Simplement quelqu'un comme vous, qui s'est fait rattraper par la racaille de ce monde.

Nous arrivâmes à la plage en un temps record, nous servant de la végétation pour rester à couvert. Une vague de coups de feu résonna dans la maison principale, suivie de cris.

— Allons-y, Ele.

Au loin, je vis un yacht. Ce devait être celui de Sebastian. Puis je remarquai deux hors-bord qui s'approchaient de la plage.

— C'est notre chauffeur, Ele. Nous allons nous cacher dans la grotte jusqu'à ce que nous voyions Ian et Sebastian.

Ele inclina la tête.

— Vous les appelez par leurs prénoms ? demanda-t-elle, les yeux écarquillés. Vous les connaissiez avant de venir ici.

— C'est compliqué. Nous vous expliquerons une fois que vous serez en sécurité.

Ce fut alors que je remarquai que Sebastian et Adrian se dirigeaient vers les hors-bord. J'entendis Adrian m'appeler pour que je le rejoigne. Au moment où il tourna la tête vers moi, Sebastian sortit une arme et lui tira dans la poitrine.

Adrian fut projeté en arrière et s'effondra sur le sable.

Anaya

— Non ! hurlai-je.

Ce n'était pas possible. Pas après tout ce que nous avions traversé.

J'avais finalement réussi à le récupérer.

Pourquoi ? Sebastian était son ami. Pourquoi aurait-il fait une chose pareille ? Rien de tout cela n'avait de sens.

Des larmes emplirent mes yeux alors que je m'effondrais au sol.

Je regardai avec horreur des hommes en uniforme soulever Adrian et le transporter jusqu'au bateau, en balançant son corps mou à l'intérieur.

Il fallait que je le rejoigne. Je ne pouvais pas les laisser le jeter comme s'il n'était rien.

— Ana ! dit Ele en me tirant le bras. Nous devons nous

mettre en sécurité. Nous devons trouver un endroit où nous cacher.

Je repoussai la douleur de mon cœur brisé et hochai la tête.

— La grotte. Ian a dit que nous y serions en sécurité.

— Je sais où elle se trouve. Suivez-moi. C'est par là.

Nous nous mîmes à courir dans la forêt tropicale, Ele ouvrant la voie.

Au moment où nous atteignions une clairière, deux hommes se précipitèrent et nous attrapèrent.

— Laissez-moi partir, espèce de salaud !

Je combattis son emprise et frappai l'un d'eux en plein visage.

— Merde !

Il relâcha sa prise et tomba dans le sable, en sang.

Ce fut alors que j'entendis Ele qui se débattait. Elle n'avait pas d'entraînement, il fallait que je l'aide.

J'aurais bien eu besoin d'un couteau à cet instant.

Je courus vers elle, sautant sur le dos de son assaillant. Il me repoussa violemment contre un arbre, mais je m'accrochai à son cou. Comme mon poids le déséquilibrait, il relâcha Ele, ce qui me permit de l'étrangler jusqu'à ce qu'il ne s'évanouisse.

— Dépêchez-vous ! cria Ele.

Nous nous précipitâmes sur un chemin étroit, mais nous nous immobilisâmes quand Sebastian se plaça devant nous.

— Pas si vite, petite colombe.

Il ne ressemblait en rien à celui que je connaissais depuis des années.

— Espèce d'ordure ! Comment as-tu pu ? Tu…

J'étais incapable de trouver les mots.

Il m'empoigna les cheveux et me tira vers lui.

— Qu'est-ce que j'ai fait ? Je me suis débarrassé d'un abruti qui pensait régner sur le nid.

— Il te faisait confiance. Il t'a laissé…

Je marquai un temps d'arrêt, dégoûtée par la nuit que nous avions passée ensemble.

— Il m'a laissé goûter son trophée parce qu'il n'avait pas le choix. Je t'ai achetée. Maintenant, tu es définitivement à moi.

— C'est hors de question !

Je lui balançai un coup de coude dans l'estomac, mais il ne tressaillit même pas.

Au contraire, il resserra sa prise.

— Tu crois que c'est censé me faire mal ? J'ai grandi auprès de Liam Weber. La douleur est un plat qu'il servait régulièrement.

L'un des hommes qui nous avaient attaqués, Ele et moi, nous rejoignit, sifflant et essoufflé.

— Tu aurais pu me dire qu'elle savait se battre. Jace est dans les vapes.

— Et en quoi serait-ce drôle ?

Sebastian sourit et sortit une seringue.

Je commençai à me débattre, puis plantai les ongles dans son bras. Puis ma formation prit le dessus, et je balançai ma jambe derrière moi, frappant l'arrière du genou de Sebastian.

— Putain de merde !

Nous basculâmes tous deux au sol.

— Merde, Ana !

Tout à coup, mon esprit s'embruma et je fus incapable de soulever ma tête.

La dernière chose que j'entendis avant de perdre conscience fut :

— Tu ne rends jamais les choses faciles, n'est-ce pas ? Pas étonnant qu'il t'aime autant.

———

Je me réveillai avec une intense nausée. J'avais mal à la tête et mon corps était douloureux.

Où étais-je ?

Ce fut à ce moment que cela me revint.

Adrian.

Oh, mon Dieu. Oh, mon Dieu. Oh, mon Dieu.

J'enroulai les bras autour de ma taille, gardant les yeux fermés, les larmes ruisselant sur mon visage.

Comment allais-je pouvoir rentrer à la maison, et dire à Penny et à ma famille ce qui s'était passé ? Et cela dans la perspective où j'en sortirais vivante.

Adrian s'était inquiété que je rentre à la maison dans un sac mortuaire et, aujourd'hui, c'est moi qui devais vivre avec ce scénario bien réel.

Mon corps sauta et je me rendis compte que j'étais sur une sorte de bateau. Ouvrant les paupières, je regardai autour de moi.

C'était quoi, ce bordel ?

J'étais sur un lit *king-size* dans une sorte de cabine haut de gamme. Tout était brillant et neuf. Il ressemblait énormément au yacht que possédait Henna. Ce devait être la suite du propriétaire.

Je jetai un coup d'œil à mes vêtements : je n'avais plus cette horrible robe transparente. À la place, je portai un pyjama en coton doux couleur lavande.

Ma colère enfla comme un brasier furieux. Si Sebastian songeait une seule seconde que je le laisserais remplacer Adrian, il se plantait.

J'avais passé trop de temps à faire semblant d'être quelqu'un que je n'étais pas. Je me battrais jusqu'à la mort.

Je sautai du lit et trébuchai alors qu'une vague de vertige me submergeait.

Foutue drogue.

Après quelques respirations, je parvins à me maîtriser.

Je passai à la salle de bains attenante. Après être allée aux toilettes, je fouillai les placards à la recherche de quelque chose dont je pourrais me servir comme d'une arme.

— Jackpot !

Dans un tiroir se trouvait un rasoir droit. Je maîtrisais très bien le maniement de ce bébé.

Je le glissai à l'arrière de mon pantalon.

Je retournai dans la cabine et m'avançai vers la porte. Plaquant mon oreille contre l'acier, je guettai le moindre son.

C'était calme.

J'entrai dans le couloir et grimpai les escaliers.

Quelle heure était-il ? Il n'y avait pour ainsi dire personne.

Repoussant cette pensée, je me dirigeai vers le salon principal du navire.

La brise de l'océan entraînait le son de la conversation vers moi.

C'était Sebastian.

Je sortis la lame de mon pantalon.

Quitte à en mourir, j'allais mutiler cette ordure.

Je me dirigeai vers un coin et me plaquai contre un mur dans l'ombre quand un garde passa.

— Elle devrait bientôt se réveiller, dit Sebastian. Cette maudite femme a failli me déboîter le genou.

— Eh bien, c'est toi qui t'es jeté sur elle avec une seringue. À quoi t'attendais-tu ? dit Jacob Castro.

Bon sang, mais que faisait-il ici ?

Jacob était à la tête des opérations de Solon en Europe du Sud. Au fil des ans, j'avais eu affaire à lui de temps à autre. Il s'était retiré des missions actives et ne venait sur le terrain que pour les extractions.

— Sa réaction était *light* comparée à ce que je te ferais, Weber, dit Briana Amici avec une pointe d'amusement. C'est dans ton membre que j'aurais planté cette aiguille.

Tout cela était-il un coup monté ?

L'espoir commença à germer au fond de ma poitrine.

— Ce n'est pas le genre d'image dont j'ai besoin pour le moment, Amici.

— Quoi ? Je te dis simplement la vérité. Tu devrais être habitué à moi maintenant. N'est-ce pas le sixième projet commun sur lequel nous travaillons ensemble ?

— Le septième, précisa Sebastian avec un nouveau

gémissement. Je vais devoir mettre de la glace sur ma jambe pendant les prochaines semaines pour revenir à la normale.

— Arrête de râler. Il fallait qu'on ait une réaction honnête sinon il n'y avait aucune chance que l'amoureux ici présent ne s'en sorte. On aurait pu prévoir un meilleur planning pour les hélicos, mais ça a marché. Ils ont eu Trevolo.

C'était quoi, ce bordel ? Adrian. Il était vivant.

La douleur dans ma poitrine s'apaisa pour la première fois depuis que je l'avais vu s'écrouler.

Je me rapprochai.

— Eh bien, c'est fait. Il est maintenant temps de nettoyer ce foutoir qu'est l'île de Catarina, dit Jacob.

— Amici s'occupera des femmes et des enfants, et nous vous laisserons, vous les types de la CIA, vous occuper des ordures parquées dans le donjon de Trevolo. Weber s'occupera d'Elenora.

— Allez-y et prenez le relais. Je suis fatigué, putain. Tu étais obligé de me tirer dessus trois fois ? Ce foutu gilet ne protège pas tant que ça. Je vais avoir des bleus pendant un mois.

Je laissai retomber la lame qui tomba bruyamment sur le sol.

Tout le monde dans la pièce se figea en me voyant.

— Ana !

Adrian me fixait, l'air surpris.

Mes mains tremblaient.

Puis, tout à coup, mon soulagement laissa place à la colère.

Je me dirigeai vers lui, négligeant tous les autres

auxquels j'avais prévu de m'attaquer quelques instants après.

Son regard était empreint de méfiance et, au moment où Adrian tendit la main pour me toucher et ouvrit la bouche pour dire quelque chose, je lui décochai un coup de poing aussi violent que possible dans le ventre.

Adrian

— Comment as-tu pu ? me hurla-t-elle.

Je voulus répondre, mais je ne pouvais rien faire de plus que d'essayer de respirer en dépit de la douleur.

— Bordel de merde, ma belle, toi et tes mouvements sournois ! dit Sebastian en restant à sa place près de la fenêtre.

Il aurait dû être la première personne à sentir Ana ou n'importe qui s'approcher. Il commençait vraiment à être rouillé.

Je me redressai, fis un pas vers elle mais, à ce moment, Jacob commit l'erreur d'agripper les bras d'Ana pour l'empêcher de me frapper à nouveau.

Elle pivota si vite qu'il finit au sol.

— Merde ! Tu n'es pas censée te servir de ce que je t'ai enseigné contre moi !

Elle ignora Jacob et reporta son regard furieux sur moi.

Bon sang, elle était resplendissante. Et mon sexe me prouva qu'il était du même avis en tressautant.

— Ana. Bébé.

Elle s'approcha de moi et enfonça un doigt dans ma poitrine endolorie.

— Comment as-tu pu ? s'exclama-t-elle, ses yeux d'ambre embués de larmes. J'ai cru que tu étais mort. Je croyais… je pensais… Maudit sois-tu ! Pourquoi tu ne m'as rien dit ?

— Bella, tu sais comment cela fonctionne. Tu es dans le jeu depuis assez longtemps, dit Briana avec un sourire en coin, en polissant ses ongles manucurés contre sa chemise trop chère pour le travail de terrain.

— Je m'occuperai de toi plus tard, rétorqua Ana d'un ton mordant en soutenant mon regard. Est-ce que tu me considères comme une amatrice au point de ne pas avoir été foutu de me mettre au parfum ?

Je glissai les bras autour de sa taille et l'attirai contre moi, ignorant la douleur des impacts de balles. Qu'elle m'entoure de ses bras en retour était un point positif dans toute cette histoire tordue.

Elle inspira, inhalant mon parfum, puis son corps se mit à trembler.

— Nous devions le faire. Il y avait trop de regards braqués sur nous, et nous devions faire en sorte que ça ait l'air le plus réel possible.

Elle porta une main à son visage.

— Conneries. Je sais jouer un rôle. Je l'ai fait pendant la dernière semaine et demie.

Je posai ma paume sur sa nuque et ne pus m'empêcher de lui sourire.

— Peut-être avec la plupart des gens autour de toi, mais pas avec moi. Et pas avec Trevolo. Il savait ce que tu ressentais pour moi. Tu es amoureuse de moi.

Elle me repoussa, mais je la serrai fort.

— Bella, admets-le, dit Briana avec son fort accent italien. Nous connaissons tous la vérité. C'est à cause de lui que tu t'es enfuie pour rejoindre le cirque Solon.

Ana lui jeta un regard noir.

— Et tu t'es engagée parce que tu fuyais un mariage arrangé, avec un type que tu avais toujours voulu épouser de toute manière.

— Oui, mais ton homme n'est pas un mafieux.

— Le tien non plus.

— Tout est une question de perspective. Les financiers, c'est tout aussi mal.

Briana croisa les bras et planta ses prunelles dans celles, agacées, d'Ana. Je savais qu'il était temps pour nous de nous retrouver seuls, avant que cela ne dérape.

— Messieurs, Madame. Cela vous dérangerait-il de nous laisser ?

— Oh, allez. Je commençais à m'amuser !

Sebastian éclata de rire en se levant.

Pour un type qui passait la majeure partie de ses journées à arborer un air renfrogné, il était plutôt très drôle quand personne ne regardait.

La fin de cette mission présageait aussi la fin de notre association. La fin de notre amitié de dix ans. C'était inéluctable. Il ne pourrait jamais quitter ce monde, et Ana était mon échappatoire.

Aussi triste que fût la perte de Sebastian en tant que partenaire et ami, cela signifiait aussi que j'avais Ana.

— Sors, lui ordonnai-je.

— Faites vite, sinon je vais peut-être faire ma curieuse, ronronna Briana, mais elle s'arrêta à mi-chemin et ajouta : rappelez-vous que le débriefing n'attend pas. Surtout quand c'est le dernier.

Qu'est-ce que ça voulait dire ? Cette femme, c'était quelque chose. Toujours à parler en énigmes folles. Puis je compris. Ils savaient qu'Ana quittait Solon.

Comment diable pouvaient-ils savoir ? Elle s'était seulement décidée sur l'île.

Jacob suivit en pointant sa montre.

— Si vous sortiez d'ici, bande d'abrutis, je pourrais parler à ma femme.

— Il te rappelle seulement que c'est une question de temps, lança Sebastian qui s'approcha d'Ana et lui toucha la joue. Si jamais tu décides de redevenir aventureuse, compte sur moi pour être le troisième.

Je grognai.

— Continue de rêver, crétin. C'était l'histoire d'une fois.

— Ça valait le coup d'essayer.

Sebastian sortit du salon en sifflotant.

Ana s'éloigna de moi et s'installa sur une banquette près de la fenêtre. Je savais que le fait de la tenir à l'écart aurait des répercussions. Je ne pouvais pas prendre le risque que quelque chose ne tourne mal, surtout avec Sebastian qui venait de bouleverser le plan original avec son offre d'acheter Ana.

— Peux-tu me pardonner, bébé ?

Ses magnifiques yeux d'ambre plongèrent dans les miens.

— Oui. Ne me fais plus jamais peur comme ça.

— Qu'est-ce qui va se passer maintenant ? demandai-je.

— À toi de me le dire.

C'était typique d'elle de me renvoyer la balle.

— Un mariage, des enfants, une vie normale.

Jusqu'à ce que je prononce ces mots à haute voix, je ne m'étais pas rendu compte à quel point je voulais ces choses avec Ana.

Elle déglutit et ses lèvres tremblèrent, mais elle garda le silence.

Nous nous dévisageâmes et, quand elle ne put plus le supporter, elle dit :

— D'accord.

— Plus de Solon.

— Plus de CIA.

— Plus de prince de la mafia.

— Plus d'assistante-designer, de princesse de la mafia, ni de Selene tueuse de lycans.

Son visage s'adoucit en un sourire rayonnant, et mon cœur se serra. Elle s'avança d'un pas vers moi.

— Marché conclu.

— Je t'aime, Ana, dis-je en avançant dans sa direction.

— Je…

Ana s'interrompit alors que les bruits des hélicoptères résonnaient tout autour de nous.

— Merde. Je pensais avoir plus de temps.

— Qu'est-ce qui se passe, bordel ?

Ana leva les mains pour me faire comprendre de ne pas bouger.

— Ian, quoi qu'il arrive, ne les combats pas.

Ensuite, un groupe d'individus vêtus de noir de la tête aux pieds entra ; l'un d'entre eux attrapa Ana et les autres se dirigèrent vers moi.

Elle se débattit.

— Lâchez-moi ! Ça vous aurait tués de m'accorder quelques minutes de plus ?

Je me précipitai vers elle, mais je fus renversée par une femme d'au moins huit centimètres de moins qu'Ana qui se trouvait à mi-chemin entre moi et l'endroit où elle était retenue.

— Calme-toi. Nous ne lui ferons pas de mal.

Un autre pointa une arme sur mon visage.

— Calme-toi. S'il t'arrive quoi que ce soit, elle va nous botter le cul. Mais je le ferai si tu n'écoutes pas.

— Mais bien sûr.

Je saisis le canon pour l'arracher des mains de ce con, mais deux autres hommes me plaquèrent aux épaules.

— Tu connais la procédure, Anthony. Le protocole exige une évacuation immédiate. On ne gagne pas de temps. On ne perd pas de temps. Dis-lui de se calmer, répéta la femme de petite taille en s'approchant, posant sur moi un regard presque amusé.

J'avais la nette impression de la connaître.

— Ian. Je suis désolée. Il faut que j'y aille.

Incrédule, je regardai le groupe qui traînait Ana vers la porte.

— Je te promets, je vais bien. C'est leur manière de dire au revoir. Je t'aime.

Elle disparut de ma vue.

Je luttai contre les mastocs qui me retenaient.

— Où est-ce que vous l'emmenez, putain ?

— Reste calme, abruti. Tu dois savoir comment cela fonctionne. Ressaisis-toi.

Jamais les débriefings de la CIA n'impliquaient d'extraction. Foutu Solon. Ils ne faisaient jamais rien comme les gens normaux. C'était toujours tout un cinéma.

— Allez vous faire voir ! hurlai-je sur le pauvre con qui plaquait son pied sur ma gorge.

— Vous, les snobs de la CIA, croyez que vous avez tout le contrôle. C'est juste parce qu'on vous laisse l'avoir. Vous avez de la chance que nous apprécions votre pote Weber, sinon nous n'en aurions rien eu à faire que votre opération soit compromise. Elle nous appartient aussi. Laisse-nous lui dire au revoir.

Bien sûr que non, elle n'était pas à eux !

— Assieds-le sur la chaise.

Aussitôt, je fus hissé et jeté sur une chaise, des armes pointées sur ma tête.

La dame de petite taille se dirigea vers moi en retirant le masque de ski qui couvrait son visage.

Oh bordel ! Je n'arrivais pas à en croire mes yeux.

— Adrian Kipos. C'est bon de rencontrer enfin celui qui a contribué à faire d'Ana l'un des meilleurs agents avec lequel j'ai travaillé en lui brisant le cœur. +

Je fixai simplement la main qu'elle me tendait.

— Je crois que vous me connaissez comme la première dame.

Anaya

Je respirai l'air chaud et sec du désert en regardant les lumières du *Strip* de Las Vegas depuis la terrasse en plein air de mon penthouse, au sommet de l'*Ida*.

Cela faisait deux mois que j'avais laissé Adrian sur le yacht, et trois semaines que j'étais retournée à Vegas. Ma famille m'avait accordé de l'espace, admettant de manière surprenante que je démissionnais de mon travail parce que j'étais au bord du burn-out.

Pendant des années, ils avaient tenté de me faire rentrer à la maison et de reprendre l'empire commercial d'Henna, sans succès. Que je prenne cette décision comme ça devait les tracasser. J'étais surprise qu'ils ne m'aient pas déjà tendu une embuscade en exigeant des réponses.

Je savais que je devais améliorer ma conduite pour faire croire que j'étais heureuse de ma décision. Je ne m'étais pas attendue à ce que ce soit si compliqué de vivre comme une personne normale, et non une espionne. Même le fait de revenir à ma couleur de cheveux naturelle et à mon style vestimentaire habituel ne m'avait pas rendu les choses plus aisées. J'avais l'impression d'être un imposteur dans ma véritable personnalité.

Allais-je être capable de le faire ?

Tu n'as pas le choix, Anaya. Tu ne peux pas revenir en arrière. C'est une affaire réglée.

Les années passées à faire ce travail m'avaient laissé des séquelles, aussi bien mentales que physiques. Mais peu importait le coût, car je savais que j'avais fait la différence. Surtout avec cette dernière mission. J'avais joué le rôle d'un pion pour que le travail soit fait et, à la fin, Ele et tant d'autres étaient en sécurité.

Je soupirai en pensant à Ele. J'aurais tant voulu savoir où elle était et comment elle allait, mais je savais que nous ne pouvions pas nous contacter. Quitter Solon signifiait s'éloigner de tout.

À l'exception de Briana. D'une certaine manière, elle était un élément permanent de ma vie réelle. Mais elle connaissait le travail mieux que moi et n'aurait jamais enfreint le protocole.

Prenant un verre d'eau pétillante sur une table proche, je bus une gorgée et regardai un hélicoptère atterrir sur le bâtiment voisin.

J'avais vraiment une vue imprenable de là-haut. Le penthouse appartenait à mon frère, Hagen, mais il avait déménagé dans une propriété en banlieue avec ma cousine Penny et leurs deux enfants. Il me l'avait offert. C'était sa manière à lui de dire « je suis content que tu aies quitté ton boulot qui te faisait perdre ton temps et que tu sois rentrée à la maison. » Et je n'étais pas assez idiote pour refuser cet endroit génial.

Selon mes frères, je possédais techniquement un quart de leurs propriétés. Le fait que je n'avais en rien contribué à la construction de l'empire ne semblait pas les perturber. J'étais leur petite sœur, que je porte le nom de Lykaios ou non.

Je me demandais ce que la bande allait dire quand elle apprendrait que je n'avais pas l'intention de vivre dans le penthouse à long terme. J'avais repéré un endroit près de la demeure d'Henna et de — Zack dans le désert. Là, j'imaginais construire une maison. Mais, d'un autre côté, aucun endroit ne serait vraiment chez moi jusqu'à ce qu'Adrian…

Je me retournai pour voir ma sœur très enceinte, Henna Lykaios, avancer vers moi sans perdre l'équilibre, sur des talons de dix centimètres. La mine renfrognée qu'elle affichait me dit que j'étais vraiment dans la merde.

— Je savais que tu ne viendrais pas au dîner.

Oh, merde ! J'avais encore oublié. Henna avait menacé de me traîner hors de l'appartement si je ne les rejoignais pas, elle et les filles, à savoir Penny et la femme de mon frère Pierce, Amelia, pour dîner. Elles voulaient une soirée entre filles et je les avais laissé tomber les trois dernières fois.

— Tu veux me dire ce qui se passe ou je dois appeler des renforts ? J'ai empêché Penny et Amelia de débarquer ici avec moi. Alors, je te suggère de commencer à parler.

C'était la manière qu'avait Henna de me prévenir que

mes belles-sœurs étaient en route pour me faire cracher le morceau. J'étais sur le point de me faire attaquer par un gang.

Henna se dirigea vers une chaise de patio sur laquelle elle se laissa tomber, retirant ses chaussures avant de poser les pieds sur une ottomane.

— Si Zack te voyait les porter, il perdrait complètement les pédales. Tu n'es pas enceinte de cinq mois ?

— Huit. Et Zack ne me verra pas puisqu'il est à la maison avec quatre enfants de moins de cinq ans, et qu'il est seul puisque la nourrice est malade.

Il y avait une lueur presque diabolique dans ses yeux.

— Enfin, il a de l'aide, en quelque sorte. Collin est là pour le dîner. Mais, ces deux-là passent tellement de temps à se disputer sur la meilleure façon de couper les carottes pour que le bébé ne s'étouffe pas qu'ils ne se rendront pas compte que les trois autres courent tout nus dans le jardin.

Collin était le père biologique de mes frères, mais c'était aussi le mien, même si, dans mon cas, c'était un rôle de substitut. Il avait fait d'énormes erreurs avec ses garçons, mais il nous avait donné, à Henna et à moi, le type d'amour paternel dont une fille ne pouvait que rêver. Et aujourd'hui, il était le grand-père que tous les enfants méritaient d'avoir. Même si ma famille aimait à se plaindre qu'il gâtait tous les garçons en leur offrant tout ce qu'ils voulaient.

— Jamais je n'aurais cru que ma sœur et mon beau-frère, tous deux entrepreneurs, allaient à eux seuls essayer de peupler la terre avec la prochaine génération, dis-je en secouant la tête. Je crois que tu as passé l'intégralité de ton mariage enceinte.

— Les autres étaient prévus. Celle-ci, ajouta-t-elle en pointant son ventre, c'est ce qui arrive quand on oublie de faire ses injections de contraceptif en temps et en heure, et qu'on part en vacances sans enfants pour la première fois depuis des années.

Je me mordis la lèvre et reportai mon attention sur l'obscurité.

— Ana. Dis-moi ce qui se passe, me demanda Henna d'une voix emplie d'inquiétude. Je te jure que je ne dirai rien aux gars.

Par « gars », elle voulait dire mes frères, Hagen, Pierce et Zack.

— Il n'y a rien à dire. Je suis prête à rentrer à la maison. Du moins pour un avenir proche. En plus, j'ai ce boulot génial qui me permet de faire semblant d'être toi toute la journée et de faire pleurer les gens.

Dès mon retour, j'avais repris *Lykaios International*, le conglomérat de casinos dont Henna avait hérité de Collin Lykaios. Henna était prête à me passer le flambeau, et j'étais prête à mettre le passé derrière moi.

Heureusement, j'assurais dans mon travail et je venais de négocier un accord foncier pour la construction d'un nouveau casino qui allait faire honte aux complexes de mes frères.

— Dis-nous ce qui se passe, Anaya, dit Penny en entrant sur la terrasse avec Amelia dans son sillage. Ces conneries de nous envoyer balader, ça commence à devenir pénible.

Toutes deux se glissèrent dans des chaises à côté d'Henna et croisèrent les bras comme si elles attendaient qu'un enfant grognon se décide à parler.

Est-ce que ces femmes me verraient un jour comme plus qu'une petite sœur ? Je savais qu'elles m'aimaient, mais je n'étais plus une enfant. Bon sang, j'avais fait des choses qui leur donneraient le tournis.

— Le concept d'appeler avant de vous servir d'un code pour accéder à un penthouse privé vous aurait-il échappé ?

Penny haussa les épaules.

— Tu aurais dû changer le code si tu ne voulais pas que quelqu'un l'utilise. Maintenant, pose ton cul et commence à parler.

— Comme si ça pouvait t'arrêter. Ton mari est propriétaire de ce fichu bâtiment.

Je soufflai et pris place dans l'immense fauteuil papasan rond en face de l'escouade des sœurs.

— Videz votre sac.

Elles n'avaient aucune idée du problème, mais allaient me faire la morale comme si elles connaissaient tous mes secrets.

Je pris mon eau dont je bus une gorgée.

Henna se pencha en avant, une main sur son ventre.

— Depuis combien de temps travailles-tu pour Solon ?

J'écarquillai les yeux et faillis m'étouffer.

— Redis-moi ça.

— Tu l'as entendue, rétorqua Penny, une main sur la hanche. Avec Briana comme patronne, tu pensais vraiment que je ne savais pas pour qui tu bossais ? Cette dingue travaille au noir comme agent de sécurité pour moi depuis plus de dix ans.

— Je ne sais absolument pas de quoi tu parles. Bri n'est pas ma patronne.

Je reposai le verre sur la table, refusant de regarder Henna dans les yeux.

Elle avait cette capacité dingue à savoir quand je mentais.

En fait, techniquement, Bri était ma supérieure, pas ma patronne. C'était Tara Zain Kumar, ma patronne.

Ce fut au tour d'Amelia d'ajouter son grain de sel.

— Ana, est-ce que quelque chose a mal tourné ?

Le ton apaisant de la plus dure de toutes les femmes faillit me faire craquer.

Amelia était une ancienne médaillée d'or olympique de taekwondo et possédait l'une des plus grandes entreprises de promotion du sport au monde. Encore à ce jour, elle s'entraînait comme si elle participait à une compétition.

— C'est compliqué.

Amelia prit ma main dans la sienne.

— Quelqu'un t'a brisé le cœur ?

Eh bien, merde. J'allais devoir leur donner quelque chose, faute de quoi, elles continueraient de m'en balancer.

Prenant une grande inspiration, je répondis :

— C'est moi qui suis partie.

— Il devait le mériter, intervint Penny. S'il t'a maltraitée, alors je dis qu'il faut le retrouver et lui botter le cul.

Si seulement elle avait su qu'elle parlait de son frère… Mais j'aimais qu'elle soit aussi loyale envers moi.

— Non, c'est quelqu'un que vous aimeriez toutes.

En fait, elles l'aimaient.

Henna me scruta.

— Alors, quel est le problème ? Il s'est passé quelque chose avec lui qui t'a fait quitter un travail que tu aimais.

— C'est...

— Compliqué, répondirent les trois femmes à l'unisson.

Le silence retomba entre nous, puis Penny marmonna tout fort :

— Je le savais. Je le savais, putain.

Nous la regardâmes toutes comme si elle avait perdu l'esprit.

— Euh, qu'est-ce que tu savais ? Et à propos de qui ? lui demandai-je, repérant cette lueur effrayante qu'elle n'avait que lorsqu'elle avait trouvé le moyen d'améliorer un lot de whisky.

— À propos de toi, et cela explique beaucoup de choses. Je vais vraiment botter le cul de Hagen quand je rentrerai à la maison. C'est la raison de la crise avant mon mariage.

Amelia fronça les sourcils.

— Penny, tu es enceinte ou quoi ? Tu n'agis aussi étrangement que lorsque tu es enceinte.

— Hé ! Je me sens offensée.

Henna frotta son ventre.

— Comment se fait-il qu'aucun d'entre nous ne l'ait vu ? demanda Penny en se levant. C'est Adrian.

Je fermai les yeux. Merde. C'était vraiment une sorte de génie dingue et maléfique.

— Quoi, Adrian ? demanda Henna.

— L'homme qu'elle a quitté, celui qui l'a complètement chamboulée depuis qu'elle a commencé à l'UNLV. Oh, mon Dieu, c'est fabuleux ! Mon petit frère, l'agent de la CIA, et un agent de Solon qui enfreint probablement toutes les règles.

— Arrête. Tu veux dire que ma petite sœur et ton frère

sont… commença Henna en me regardant fixement. Oh, mon Dieu ! Cette dispute que vous avez eue tous les deux au mariage de Penny ! Tu ne te souviens pas ?

Oh, si, je m'en souvenais. Mon mari m'avait annoncé ce matin-là qu'il voulait une annulation, ma mère avait finalement avoué qu'elle n'était pas ma mère biologique et j'avais appris que ma demi-sœur couchait avec mon demi-frère.

Je gardais le silence, les laissant discuter de moi comme si je n'étais pas là.

Est-ce que Penny venait d'évoquer une dispute entre Hagen et Adrian ?

— Penny, l'interrompis-je, rembobine un peu et explique-moi ce que tu voulais dire en parlant de crise avant ton mariage.

Tous les bavardages s'arrêtèrent alors que Penny soupirait.

— La veille de mon mariage, il s'est passé quelque chose entre Adrian et Hagen… En fait, avec Pierce et Zack aussi. Quoi qu'il en soit, Adrian est parti quelques jours plus tard et n'est pas rentré à la maison pendant près d'un an.

Et c'était à ce moment-là que j'étais partie aussi. J'avais pris tous mes crédits pour obtenir mon diplôme universitaire plus tôt et avais décidé que je préférais être en mission plutôt que de me présenter à la remise des diplômes.

Bon sang, est-ce qu'ils avaient obligé Adrian à me quitter ? Qu'auraient-ils pu utiliser ?

Je serrai les dents.

— Vous allez vous retrouver veuves toutes les trois si je mets la main sur eux.

Mes frères ignoraient que j'étais capable de mettre KO

chacun de leurs culs démesurés. La taille ne faisait aucune différence quand on savait exactement où frapper.

Adrian et Sebastian pouvaient attester de mes capacités.

— Oh, le mystère s'épaissit ! s'exclama Amelia en se frottant les mains. Alors, c'est vrai. Toi et Adrian ?

J'ignorai la question et me pinçai l'arête du nez.

Toutes ces années, j'avais été tellement en colère, tellement perdue. Un jour, il était éperdument amoureux de moi et, le lendemain, il rompait.

Je connaissais mes frères. Ils avaient dû user de graves manipulations pour qu'Adrian ne s'éloigne de moi.

Le verre dans ma main trembla et, avant que je me rende compte de ce qu'il se passait, il se brisa.

— Wouah, copine, ça c'est de la poigne, dit Amelia en me retirant le verre de la main. J'aurais pu t'embaucher sur le ring MMA.

— Comme si Pierce pouvait approuver.

— Pierce n'a pas le droit d'*approuver* quoi que ce soit me concernant. Les Lykaios se croient maîtres de la situation, mais ils savent que nous les frapperions en pleine figure s'ils outrepassaient leurs droits.

— Faites-moi une faveur. Tenez mes frères à l'écart de moi. Au moins jusqu'à ce que je ne sois plus aussi en colère contre eux. Parce que leur incapacité à voir que je suis un adulte et le fait qu'ils ne puissent pas rattraper ce que nos parents nous ont fait sont les raisons pour lesquelles je suis à peine rentrée à la maison au cours des cinq dernières années.

— Qu'ont-ils fait exactement ? Dis-nous quelque chose, Anaya.

Henna me regarda d'un air de dire « je te jure que je vais les frapper pour toi ».

— Vous promettez que vous n'allez pas flipper ?

— C'est promis, répondit Penny pour tout le monde.

— Adrian et moi nous fréquentions depuis ma première année à UNLV. Nous nous sommes liés d'une manière à laquelle je ne m'attendais pas. Il m'a eue. Surtout avec toutes les conneries qui accompagnaient le fait d'avoir un criminel pour père.

Je vis Henna tressaillir. Jusqu'à ce jour, elle ne s'était pas remise de tout ce qu'elle avait vécu à cause du scandale de détournement de fonds de notre père, Victor Anthony.

— Nous sommes tombés amoureux, mais avons gardé notre relation secrète. Vous devez bien admettre que nous avons des liens familiaux plutôt tordus.

— J'en suis le témoin. Je suis mariée au demi-frère de ma demi-sœur, dit Henna en se frottant le ventre.

— Ensuite, j'ai obtenu mon stage et nous savions tous les deux que nous étions pressés par le temps. Une semaine avant le mariage de Penny et de Hagen, nous nous sommes enfuis pour nous marier.

— Vous avez fait quoi ? s'écria Henna.

— Nous ne le sommes pas, ajoutai-je avant de la faire accoucher. Quelques jours plus tard, il a demandé une annulation. Il a dit que nous devions prendre des chemins séparés. Que nous devions vivre nos rêves et qu'on ne pouvait pas le faire ensemble.

La douleur du passé me brûla la poitrine.

— Voilà qui explique pourquoi tu as tout fait pour l'éviter. Ana, pourquoi n'as-tu rien dit ? Pourquoi ne m'as-tu pas laissé être là pour toi ? demanda Henna, dont les yeux se remplissaient de larmes. Je suis ta sœur.

Je tendis le bras et lui serrai la main.

— Parce que je n'aurais laissé personne me réconforter. J'étais terriblement blessée et en colère. Et tout le monde me rappelait ce que j'avais perdu.

— Donc, tu as déménagé en Suisse pour t'échapper.

— Euh, eh bien, techniquement, je n'y vis pas. Je suis basée aux États-Unis. J'ai un appartement à Washington que je partage avec deux autres personnes quand je ne suis pas en mission, mais la plupart du temps, je traîne dans mon ancien appartement du *Cyprès*.

Au fil des années, j'étais passée maîtresse dans l'art d'entrer et de sortir furtivement de mon logement sans que personne ne sache que j'étais là. En général, j'étais trop fatiguée pour aller où que ce soit, et le meilleur moyen de récupérer, c'était de végéter dans mon lit.

— Tu veux dire que tu as vécu ici ces dernières années et qu'on ne le savait pas ? s'exclama Henna d'une voix aiguë. Que tu aurais pu être là pour tous ces événements et ces étapes ? Comme la naissance de tes neveux ?

Je fis la grimace. Effectivement, ce n'était pas ma meilleure période.

— Calme-toi, *Maman*.

Amelia repoussa Henna dans sa chaise quand elle voulut se lever.

Je mêlai mes doigts aux siens.

— Je suis désolée. Je ne me suis rendu compte que récemment à quel point j'avais eu tort de m'isoler.

— Si tu n'es pas là quand cette petite fille arrivera, je te jure que je te botterai le cul jusqu'au siècle prochain.

Henna était la personne que j'aurais voulu être en grandissant. Elle me protégeait, gérait le monde à ma place et avait réussi à se faire un nom pour que ma mère et moi ayons un futur. En voyant à quel point je l'avais blessée, je compris que j'avais été égoïste de manquer une si grande partie de sa vie.

— Je te promets que je ne vais nulle part. De toute manière, je ne peux pas.

— Qu'est-ce que ça veut dire ? s'enquit Amelia.

— Des choses sont arrivées. Je ne peux pas vous donner de détails. Sachez simplement que je n'y retournerai pas.

— Et Adrian ?

Penny me regardait fixement.

— Quoi, Adrian ?

Les trois femmes me jetèrent un regard noir.

À ce moment-là, mon téléphone bipa. Parfois, il y a de petits miracles.

Je pris l'appareil et lus le message. Aussitôt, mon rythme cardiaque s'emballa.

Tu connais l'endroit. Je viendrai te retrouver.

Je me levai, essayant d'apaiser les papillons dans mon ventre.

— Il faut que je parte. Je suis désolée, mais je dois y aller.

— Où vas-tu ? Nous n'en avons pas fini !

Amelia semblait sur le point de me contraindre physiquement de rester.

Reculant lentement vers les portes de la terrasse, je leur dis de nouveau :

— Je suis désolée. Je vous promets de tout vous expliquer plus tard.

Penny inclina la tête sur le côté, m'étudiant.

— Tu es vraiment en train de nous lâcher ?

— Ouaip.

— Anaya, qu'est-ce que tu ne nous dis pas ?

La colère d'Henna remontait.

— Je ne m'en irais pas si ce n'était pas important. On se retrouve ici demain matin. Je vous promets que tout fera sens.

Je me retournai, prête à enfermer les femmes sur la terrasse si elles faisaient mine d'avancer vers moi.

Penny posa une main sur l'épaule d'Henna pour l'empêcher de dire quoi que ce soit.

— Dis-lui que leur oncle manque à mes enfants.

Je souris par-dessus mon épaule.

— Promis.

Adrian

Vers minuit, je sortis sur la terrasse privée du deuxième étage du *Vasilissa*, l'un des clubs les plus populaires des frères Lykaios. J'avais conçu la sécurité et l'infrastructure technique de cet endroit dans les moindres détails. Le personnel me considérait avec le même respect qu'il accordait aux frères, mais sans la peur. Je passais tout mon temps avec eux dans la partie cachée des opérations, ce qui faisait de moi l'un des leurs.

C'est pourquoi je savais que si je ne voulais pas que les frères sachent que j'étais ici, personne ne leur dirait.

Ce soir, j'étais ici pour ma femme.

Je me plaçai dans un coin, dans l'ombre, ce qui me donnait une vue directe sur la piste de danse sans me dévoiler.

Immédiatement, je la repérai. Mon Anaya Anthony. Ma femme.

Elle dansait avec un groupe de femmes. Je ne savais pas s'il s'agissait de ses amies, ou de personnes qu'elle avait rencontrées au cours de la dernière heure. J'aurais dû savoir qu'elle ne suivrait pas les instructions et ne m'attendrait pas ici.

Ne pas la voir ces deux derniers mois avait été une torture. Mais c'était l'unique moyen de faire en sorte qu'aucun lien avec mes missions ne revienne me hanter. Je savais qu'elle avait passé du temps à faire la même chose, surtout après la manière dont l'équipe de Solon l'avait emmenée. Briana et Jacob étaient restés pour finir nos tâches et me raconter que c'était un rituel d'extraire un agent comme ça, mais c'étaient des conneries et un gaspillage d'argent.

Désormais, il nous restait un obstacle à franchir pour être ensemble.

Sa famille, ma famille, notre famille.

Elle lançait ses mains en l'air tandis que son superbe derrière roulait d'un côté à l'autre au rythme de la musique latine.

Mon Dieu, existait-il une femme plus belle au monde ?

La dernière fois que j'étais venu dans ce club avec Ana, c'était il y a cinq ans, le week-end de l'enterrement de vie de jeune fille de Penny, le week-end avant notre fugue. Nous étions à nouveau réunis mais, cette fois, j'allais lui faire ma demande et l'épouser de manière appropriée. Pas en cachette dans une chapelle que personne ne connaissait, mais un mariage avec notre famille autour de nous.

Ana rejeta la tête en arrière et rit en écoutant ce que disait une des femmes autour d'elle.

J'avais terriblement envie d'y aller et de la prendre dans mes bras. Ou de la balancer par-dessus mon épaule et l'emmener hors de ce club, et dans mon lit.

La foule se déplaça et je vis pour la première fois sa robe, si tant est qu'on puisse l'appeler ainsi. Le moindre faux mouvement et ses biens seraient exposés. Ces longues jambes n'appartenaient qu'à moi, pas à ces abrutis qui la regardaient depuis le bord de la piste.

Je serrai les dents. Je comptais détruire cette chose et la fesser pour être sortie en public comme ça.

Comme si elle entendait mes pensées contrariées, elle leva les yeux dans ma direction et s'arrêta de danser.

Ses yeux s'adoucirent et se remplirent de larmes. Sans dire un mot à son groupe, elle se dirigea vers moi. Elle se fraya un chemin à travers la masse des corps en mouvement, inconsciente de tout, sauf de moi. Je me tournai vers le couloir qu'elle était sur le point d'emprunter.

Dès qu'elle apparut, elle se jeta dans mes bras et m'embrassa. Sa chaleur, son goût explosèrent dans ma bouche. Elle était mon paradis.

— Mon Dieu, tu m'as manqué, Ana. Nous ne serons plus jamais séparés.

— Ian.

Elle enroula ses jambes autour de ma taille, et j'empoignai ses fesses.

Le string qu'elle portait était le seul élément qui séparait mes mains de son sexe. Je nous fis tourner de sorte qu'elle soit dos au mur et qu'aucune des caméras de sécurité ne puisse filmer son derrière.

Même si c'était le cas, j'aurais tout effacé à distance avant la fin de la nuit.

— Anaya. Bon sang, mais qu'est-ce que tu portes ?

Elle recula pour me regarder.

— Une robe.

— Elle est indécente.

— Et ?

Elle appuya ses talons sur mes fesses, se frottant contre mon érection calée dans mon jean.

Entre deux baisers, je lui dis :

— Je suis le seul homme qui a le droit de voir ton intimité.

— Je ne te contredirai pas à ce sujet.

Elle plongea les doigts dans mes cheveux.

— Emmène-moi dans ton bureau et prends-moi sur cette table en bois pétrifié qui brille comme du marbre poli.

Je reculai.

— Comment sais-tu pour le bureau ?

Il avait fallu cinq hommes pour porter le meuble dans mon office.

Un sourire malicieux s'afficha sur ses lèvres.

— Je fouine. C'est mon travail. C'*était* mon travail. Même si je n'étais pas toujours là, il y avait quand même des moments où j'étais présente.

— Tu réalises que cette déclaration n'a de sens que pour moi ?

— C'est pourquoi nous sommes parfaits l'un pour l'autre.

Je la portai jusqu'à un mur éloigné, relâchai ma prise sur sa hanche suffisamment longtemps pour scanner ma main sur le lecteur d'empreintes digitales, puis traversai le mur mobile.

— Un jour, tu me raconteras comment tu as franchi ma sécurité.

— Un jour.

Nous pénétrâmes dans la pièce et je m'avançai directement vers mon bureau sur lequel je déposai Ana.

Je reculai d'un pas pour admirer cette femme dont la perfection donnait l'impression que le meuble à 10 000 dollars était bon marché.

— Écarte tes jambes, Ana.

Elle obtempéra sans hésiter, exposant sa lingerie trempée.

J'agrippai le dos de ma chemise et la fis passer par-dessus ma tête, puis la jetai sur le canapé tout proche. Puis j'ouvris mon pantalon pour libérer mon pénis. Je le caressai de la base jusqu'au bout, laissant mon excitation couler.

Ana se lécha les lèvres.

— Tu veux goûter, bébé ?

Elle acquiesça, caressant ses seins à travers sa robe et remuant ses hanches alors que son sexe devenait de plus en plus moite de désir.

Je me rapprochai, recueillis mon excitation et l'apportai à ses lèvres. Sa bouche s'enroula autour de mes doigts qu'elle suça. Un gémissement profond lui échappa, et mon membre tressaillit.

J'agrippai ses hanches et la tirai vers le bord du bureau.

Elle passa les bras autour de mes épaules.

— Prends-moi maintenant, Adrian Phillip Kipos. Tu iras doucement plus tard.

Je marquai un temps d'arrêt en me rendant compte que c'était la première fois qu'elle prononçait mon véritable nom, mon nom complet, en cinq ans.

— Redis-moi ça, ordonnai-je en déchirant son string avant de me positionner. Dis mon nom.

Elle resserra ses bras et plongea se yeux dans les miens.

— Prends-moi, Adrian Phillip Kipos.

Je m'enfonçai jusqu'à la garde.

— Encore.

Je me retirai et la pénétrai de nouveau.

Ses ongles s'enfoncèrent dans mes épaules.

— Prends-moi, Adrian Phillip Kipos.

— Encore, répétai-je alors que je démarrais un rythme implacable, pompant fort et vite.

Les parois de son intimité palpitèrent et ses paroles se changèrent en « Je t'aime, Adrian, prends-moi plus fort ».

Nous explosâmes à l'unisson dans une vague de chaleur, de désir et de passion.

———

— C'est quoi, ce bordel ? demanda Hagen Lykaios en plaquant un document sur la table devant moi.

En me glissant hors du lit ce matin, je n'avais qu'une idée en tête : acheter à la boulangerie des pâtisseries qu'Ana adorait et lui servir le petit-déjeuner au lit.

J'étais à peine entré dans la zone principale du casino de l'*Ida* que quatre primates démesurés me stoppèrent et me signifièrent que ma présence était requise par « M. Lykaios », dans la tour de bureaux de la propriété.

La tournure des événements était digne d'un mauvais film sur la mafia. Soit Hagen avait regardé trop de téléfilms, soit j'étais juste blasé par tout ce que j'avais vécu au cours des dernières années.

— Je pourrai te le dire si tu bouges ta main.

— Vous êtes toujours marié, putain.

Je fronçai les sourcils. Ce n'était pas possible.

— J'ai signé les papiers.

— Eh bien, d'après ceci, l'un d'entre vous ne l'a pas fait.

Je tirai les documents vers moi et ne pus m'empêcher de sourire.

— Qu'est-ce qui te fait sourire ?

Je relevai le visage vers Hagen.

— J'avais prévu de me remarier avec elle, alors cela m'évite le dérangement.

— Tu quoi ?

— Tu m'as bien entendu, lui dis-je en soutenant son regard. J'ai merdé en vous laissant, toi et tes frères, entrer dans ma tête. C'était elle qu'il me fallait il y a cinq ans, et c'est toujours elle qu'il me faut aujourd'hui.

— Je ne l'accepterai pas. Il lui faut quelqu'un de stable, qui ne finira pas mort si quelque chose tourne mal en mission.

— Écoute-moi bien attentivement, Hagen. Ce n'est pas parce que tu es mariée à ma sœur que cela te donne le droit de me dire comment gérer ma vie.

Je me penchai en avant.

— Tu crois que je voulais que ma sœur s'engage avec un

homme qui était un foutu exécuteur de la mafia ? Je l'aime et je respecte ses décisions. Tu dois faire la même chose pour nous.

— Ana ne sait même pas qui tu es.

— Elle me connaît mieux que quiconque.

— Conneries. Est-ce qu'elle sait que tu es de la CIA ou que tu as couché avec des femmes pour ce travail ?

— Il se trouve que oui, elle le sait, dit Ana en entrant, et nous nous figeâmes. Il se trouve que c'était moi, sa dernière mission.

Anaya

— Elle était quoi ? s'écria Hagen.

Adrian ferma les yeux et secoua la tête.

— Ana, tu n'aides pas.

En effet, je n'aurais sans doute pas dû formuler les choses aussi crûment avec mon frère excessif et colérique.

— Putain, je vais te tuer !

Hagen se pencha au-dessus de la table et agrippa le col d'Adrian.

D'instinct, j'agrippai le bras de mon frère et le lui retournai dans le dos, plaquant le talon de ma botte sur sa gorge.

La sécurité entra en trombe en entendant le grabuge, tout comme Pierce et Zack.

— C'est quoi ce bordel, Anaya ? rugit Hagen.

Adrian sauta par-dessus la table, me prit dans ses bras et me fit traverser la pièce.

— Euh, la question est de savoir ce que tu as fait pour la mettre en colère.

Zack s'approcha et sourit à Hagen, qui se contenta de lui jeter un regard noir, avant de prendre la main que lui offrait son frère.

— Elle était sa cible. Sa mission. Ce n'est pas comme ça que tu le dis, Anaya ?

La voix de Hagen était encore pleine de colère.

— Tu crois honnêtement qu'elle n'était qu'une cible pour moi ? lui demanda Adrian en me reposant sur le sol, les doigts autour de mon poignet. Ana, fais-moi une faveur. N'essaie pas de me sauver d'eux. Hagen va probablement sortir l'arme qu'il garde dans le tiroir du bas de son bureau et me tirer dessus.

— Il n'est pas chargé, lui répondis-je. J'ai retiré les balles la dernière fois que je suis rentrée.

— Pourquoi tu as fait ça ? demanda Hagen avec une grimace presque comique.

— Parce que Galen et Markos jouent dans ce bureau et je ne veux pas qu'ils se blessent. Tout le monde sait que ces garçons sont extrêmement fouineurs.

Pierce remarqua la manière dont Adrian me plaçait derrière lui.

— Alors, vous êtes de nouveau ensemble ?

— Oui, répondit Adrian en même temps que moi.

— Je refuse, répliqua Hagen.

Je voulus passer devant Adrian, mais il m'attrapa et me fit reculer.

— Laisse-moi être claire pour que ça rentre dans ton crâne épais, et c'est aussi valable pour Pierce et pour Zack. Je suis une adulte. Je n'ai pas besoin de ta permission. Tu ne peux pas jouer au grand frère avec quelqu'un qui n'est pas un enfant.

— Et s'il est tué lors d'une de ses missions ?

— Je sais de source sûre que ça n'arrivera pas, répliquai-je.

Cette fois, ce fut Pierce qui prit la parole en croisant ses bras géants.

— Explique-nous ça.

— Parce qu'il a quitté l'organisation.

Zack s'avança devant Adrian et moi, me regardant droit dans les yeux.

— Et toi, qu'en est-il de toi ? Est-ce que tu as quitté l'organisation ? Est-ce que je vais pouvoir dormir la nuit sans m'inquiéter que tu sois morte quelque part ?

Évidemment, si Henna était au courant, lui aussi. Mais vu l'expression choquée de mes deux autres frères, Penny et Amelia avaient gardé cette information pour elles.

— Pareil. Plus d'affectations internationales ou de séjours loin de la maison.

Un lent sourire éclaira le beau visage de mon frère, et Zack passa derrière Adrian pour m'embrasser sur le front.

Mes yeux se remplirent de larmes. À quand remontait la dernière fois que l'un de mes frères m'avait montré de l'affection plutôt que de me faire la morale ?

Je passai à côté d'Adrian et serrai Zack dans mes bras.

— Je t'aime aussi.

Au bout de quelques instants, je reculai.

— Quelqu'un peut-il m'expliquer ce qui se passe ? Je suis largué. Et pourquoi personne n'est énervé qu'ils soient encore mariés après que nous av0ons exigé de cet abruti qu'il mette un terme à tout ça ?

Les yeux bleus de Hagen étaient remplis d'un mélange de confusion et d'irritation.

Je ne pus m'empêcher de rire.

Puis je compris ce qu'il venait de dire. *Toujours mariés ? Exigé de cet abruti qu'il mette un terme à tout ça ?*

Je levai la main.

— Fais une pause et reviens en arrière. Vous avez fait en sorte que Ian demande l'annulation du mariage ?

Tout le monde fit silence. Ma colère s'enflamma et je comptais à rebours depuis dix pour éviter de frapper l'un des nombreux crétins dans cette pièce.

Finalement, Pierce prit la parole.

— Tu avais vingt et un ans, et une vie devant toi. Tu méritais de poursuivre tes rêves, et non d'être coincée ici, à attendre quelqu'un qui pourrait finir mort si l'une de ses missions tournait mal. En plus, il n'était pas beaucoup plus âgé que toi.

Je fermai les yeux et plaquai mes doigts sur mes tempes.

— Donc, ce que je comprends, c'est que vous m'avez retiré des mains des décisions concernant ma vie, comme tout le monde le fait depuis que je suis née.

— Nous voulions te protéger. Nous ne voulions pas que tu regrettes certaines choses plus tard.

Hagen fit le tour de son bureau.

— Comme lorsque ma mère biologique m'a donnée à une autre femme pour qu'elle m'élève comme son enfant ? Ou quand Collin, Maman et Henna m'ont caché la vérité sur ma naissance ? J'ai passé une grande partie de ma vie à me demander qui j'étais à cause de ces décisions. Et maintenant, j'apprends que vous avez éloigné de moi le seul homme que j'aie jamais aimé pour mon propre bien. C'est juste trop, dis-je d'une voix brisée. Vous savez pourquoi j'ai quitté la maison ? Je ne pouvais pas supporter les souvenirs, la douleur de savoir que je n'étais pas désirée, la douleur de ce que mon père nous avait fait à tous. Et vous savez ce qui m'a fait revenir ? Lui.

Je montrai Adrian.

— Parce que j'étais tellement concentrée sur la réussite de mon travail et l'oubli de mon passé, que j'ai fait des erreurs et que je me suis fait prendre. Il a risqué sa vie pour me récupérer. Il a abandonné sa carrière pour être avec moi. Je ne laisserai plus personne ni rien me le prendre.

Je bougeai, prête à sortir en trombe du bureau de Hagen, mais Adrian passa un bras autour de ma taille et me tourna vers sa poitrine.

— Ana, c'est aussi ma faute. J'ai laissé mes insécurités gagner. Tes frères t'aiment. Ils voulaient t'offrir ce qu'ils avaient l'impression de ne jamais avoir eu. Un avenir en dehors de Vegas.

Je levai les yeux et scrutai les expressions de mes frères. Ils avaient l'air dévastés.

— Anaya, je suis désolé, murmura Hagen en baissant la tête. Tu es la dernière partie de Maman qu'il nous reste et nous avons tout fait pour te garder avec nous. Au final, ça t'a repoussée.

C'était un autre aspect difficile à gérer : ils voyaient toujours la mère qu'ils avaient perdue à cause du cancer, une mère qui les aimait tant, la mère qui avait eu une liaison et un bébé avec un autre homme, celle qui ne m'avait pas assez aimée pour me garder.

— Bon sang, est-ce que tu pourras nous pardonner ? demanda Zack.

— Les filles connaissent-elles les détails ?

Pierce grimaça et secoua la tête.

— Si vous voulez mon pardon, chacun de vous devra affronter sa femme et lui raconter ce qu'il a fait.

— Je préfère marcher sur des charbons ardents, grommela Hagen.

Pierce et Zack acquiescèrent.

Mais ensuite, Hagen ajouta :

— Marché conclu.

Je leur adressai un sourire fatigué.

— Maintenant, je pourrais être seule avec mon mari ?

Et je veillai à insister sur le mot « mari ».

— Tu me vires de mon propre bureau ? demanda Hagen, l'air incrédule.

— Ouaip.

— Si tu es une sale peste à vingt-six ans, je frémis à l'idée de ce que tu faisais enfant à la pauvre Henna, ajouta Zack en se dirigeant vers la porte.

Pierce le suivit et Hagen sortit le dernier.

Ils laissèrent la porte ouverte, comme s'ils craignaient

qu'Adrian et moi nous sautions dessus. Je n'aurais pas été surprise si Hagen avait été juste à l'extérieur, à écouter tout ce que nous disions.

J'attendis quelques secondes avant de parler.

— Alors, nous sommes mariés. Comment est-ce possible ?

Les lèvres d'Adrian se sont retroussées aux coins.

— L'un de nous n'a pas déposé sa signature auprès du tribunal

— Je vais partir du principe que c'est de moi que tu parles.

Je repensai à cette époque et je me souvins de la peine ressentie en voyant les papiers d'annulation. Mais je n'arrivais pas à me rappeler les avoir signés. Je vivais dans une sorte de brouillard. Et je n'avais qu'un objectif, quitter Vegas.

— Alors, nous sommes mariés.

— Nous sommes mariés, confirma-t-il.

— Parfois, il y a de petits miracles.

— C'est-à-dire ?

— Nous avons ramené quelque chose de l'île, lui dis-je en posant sa main sur mon ventre. Dans notre famille, le mariage est un prérequis pour cette phase de l'existence.

Il plongea son regard dans le mien avant que son sérieux ne laisse place à un immense sourire.

— Tu es enceinte ?

Je hochai la tête tandis que mon cœur se contractait devant la joie qui se lisait sur son visage.

— Tu es enceinte.

— Elle est quoi ? rugit Hagen.

Adrian et moi ne pûmes nous empêcher de rire. Au lieu de répondre à mon indiscret de frère, Adrian plongea les doigts dans mes cheveux et m'embrassa.

— Je t'aime, Anaya Serina Anthony.

— Je t'aime, Adrian Phillip Kipos.

Je souris, voyant le cœur d'Adrian briller au fond de ses yeux verts.

— Et maintenant ?

— Je n'en suis pas sûre. Que font deux ex-espions quand ils rentrent à la maison ?

— Ils vivent comme des gens normaux ? demandai-je juste au moment où des artistes costumés en oiseaux somptueux passaient devant les portes ouvertes du bureau de Hagen.

Nous rîmes toutes les deux.

— À Vegas, tout est relatif.

— Alors, je suppose que nous devrons décider au fur et à mesure.

— Tant que tu es avec moi, je ne pourrais pas être plus d'accord.

Lire le livre suivant de la série: Les Dieux de Las Vegas Le Maître du Contrôle

Lisez le roman où tout a commencé, l'histoire d'amour interdite entre Penny et Hagen: <u>Le Maître du Péché</u>

Le Maître du Contrôle

Je suis un prix, un trésor, une chose à chérir. Du moins, c'est ce qu'on m'a dit.

Mais je connais la vérité. Je suis une marchandise récemment vendue au plus offrant.

Sebastian Weber est impitoyable, sans cœur, calculateur, et mon nouveau mari. Il manie le pouvoir comme une arme, et s'amuse à tout contrôler.

Je devrais le craindre, lui en vouloir, mais au contraire, je suis attirée par lui, j'ai soif de son toucher, je désire tout de lui.

Le quitter n'est pas une option, et rester signifie briser son monde.

. . .

FIN

Le Maître du Péché

Ça a toujours été lui…
Celui que je ne devrais pas vouloir, pas désirer, celui qui

pourrait détruire cette vie que j'ai soigneusement construite.

Hagen Lykaios était l'essence même du péché, du plaisir, et du danger… tout ce que savais devoir éviter.

Il a suffi d'un contact inattendu pour que je consume, supplie, en manque, et avide de plus encore.

Il m'a dit que si je pénétrais dans son monde, il me corromprait, me posséderait, et changerait tout ce que j'avais toujours connu… Et vous savez quoi? J'y suis allée quand même.

https://geni.us/LeMaitreduPeche

À propos de Sienna Snow

Puisant l'inspiration dans ses années passées à travailler dans le monde de l'entreprise aux États-Unis, Sienna aime raconter des histoires de femmes accomplies et sûres d'elles, qui savent ce qu'elles veulent et comment l'obtenir… Que ce soit dans la chambre à coucher, ou en dehors.

Ses héroïnes pleines de vie et bien éduquées trouvent souvent l'amour et la romance dans des conditions atypiques. Sienna offre à ses lectrices et lecteurs des tranches alléchantes de romance torride, empreintes de liberté et de plaisirs gourmands.

La vie de Sienna est pleine de voyages et d'aventures. Elle prévoit de visiter même les coins les plus reculés du monde et se réjouit de découvrir la diversité des cultures en route. Quand elle n'écrit pas ou ne voyage pas, Sienna s'occupe de son conte de fées personnel aux côtés de son mari et de ses enfants.

Inscrivez-vous à sa newsletter pour être informé des sorties, promotions, des événements et de bien d'autres choses encore.

www.SiennaSnow.com

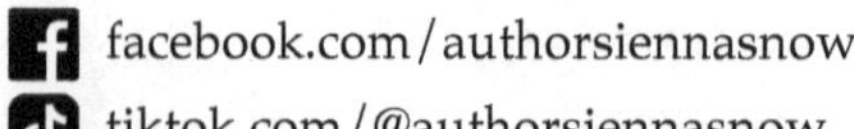

facebook.com/authorsiennasnow
tiktok.com/@authorsiennasnow
instagram.com/bysiennasnow
twitter.com/sienna_snow

Livres de Sienna Snow

<u>Les Dieux de Vegas</u>

Le Maitre du Péché

Le Maitre des Jeux

Le Maitre de la Vengeance

Le Maitre des Secrets

Le Maitre du Controle

Le Maitre du Destin

Notes

CHAPITRE 11

1. *Underworld*, film réalisé par Len Wiseman, États-Unis, 2003.